COLLECTION FOLIO

Henry de Montherlant
de l'Académie française

Celles qu'on prend dans ses bras

Les chevaux de bois

Gallimard

Cette pièce date de 1950. Dans l'œuvre théâtrale de Montherlant, elle se situe entre *Demain il fera jour* (1949) et *La ville dont le prince est un enfant* (1951).

Trois personnages : l'antiquaire Ravier, cinquante-huit ans, s'est épris d'une jeune fille de quarante ans plus jeune, Christine Villancy, qui lui résiste. La collaboratrice de l'antiquaire, Mlle Andriot, qui est une manière de réplique d'Andrée Hacquebaut, l'aime en secret et jalouse Christine. Montherlant nous montre ce qu'est la passion de Ravier : pleine de fougue, d'amertume et de lucidité. Un service important que Ravier rend à Christine lui livrera la jeune fille. *Tu mens ! Tu es fausse. Tes yeux mentent, ton corps ment, toutes les papilles de ta peau mentent. Tu n'es pas à moi, tu ne me donnes rien, tout est faux dans ce que nous faisons en ce moment.* Mais qu'importe ! Ravier est sans illusions. Il s'abandonne à son désir. *Je t'aimais innocente, je t'adorerai corrompue.*

Le titre de la pièce est tiré des *Jeunes Filles,* d'une lettre de Costals à Solange Dandillot : *Voyez-vous, il n'y a qu'une façon d'aimer les femmes, c'est d'amour. Il n'y a qu'une façon de leur faire du bien, c'est de les prendre dans ses bras. Tout le reste, amitié, estime, sympathie intellectuelle, sans amour est un fantôme, et un fantôme cruel, car ce sont les fantômes qui sont cruels ; avec les réalités on peut toujours s'arranger.*

« Voyez-vous, il n'y a qu'une façon d'aimer les femmes, c'est d'amour. Il n'y a qu'une façon de leur faire du bien, c'est de les prendre dans ses bras. Tout le reste, amitié, estime, sympathie intellectuelle, sans amour est un fantôme, et un fantôme cruel, car ce sont les fantômes qui sont cruels ; avec les réalités on peut toujours s'arranger. »

Costals, à Solange.
Pitié pour les femmes.

Celles qu'on prend dans ses bras *a été représenté pour la première fois au Théâtre de la Madeleine (direction André Brulé) le 20 octobre 1950. Mise en scène de Claude Sainval. Décor de Wakhévitch.*

RAVIER, *58 ans*	*Victor Francen.*
M. LE VADEY *(âge moyen)*	*Robert Pagès.*
M. JEAN *(jeune)*	*Jean-Pierre Lorrain.*
MADEMOISELLE ANDRIOT, *60 ans*	*Gaby Morlay.*
CHRISTINE VILLANCY, *18 ans*	*Hélène Vallier.*

Une reprise de Celles qu'on prend dans ses bras *a été faite au* théâtre des Ambassadeurs *en 1957, avec Victor Francen (Ravier), Hélène Gerber (Mademoiselle Andriot) et Anna Gaylor (Christine).*

ACTE PREMIER

La scène se passe à Paris, pendant l'été, chez l'antiquaire Ravier. Aux trois actes, le décor représente, au premier étage d'un hôtel particulier, une pièce tenant lieu ensemble de bureau et de salle d'exposition. Pièce monumentale, avec colonnes de marbre, dallage de marbre. Dans le fond, un escalier débouche, venant du rez-de-chaussée, et repart vers le second étage, où sont les appartements de Ravier. Table avec téléphone, couverte de papiers, de dossiers. Quelques meubles et quelques objets. Tout respire le luxe et le grand style.

Ravier : grand, mince, élégant. Mais le visage trahit l'âge, et « fait » même plus âgé que l'âge réel.

Mlle Andriot : cheveux presque blancs ; le visage est disgracié. Bien habillée, quoique sans élégance. Un rien « dame de compagnie », mais un rien seulement.

SCÈNE PREMIÈRE

RAVIER, CHRISTINE

RAVIER

Écoutez-moi : mon pouvoir est immense. Mon nom est connu dans le monde entier : tous les grands musées du monde ont quelque chose qu'ils ont acheté chez moi. Et si je comptais ce qu'ils n'ont pu acheter ! Car cela m'amuse, de refuser de l'argent. On croit toujours qu'on peut tout à force d'argent : pas avec moi. J'ai tellement d'argent qu'en recevoir davantage m'est une fatigue et un ennui : qu'en faire ? et la journée où je n'en reçois pas est une journée bénie. Je ne sais pas ce que j'ai de richesses, même à peu près. Je ne veux pas le savoir ; cela ne me donnerait qu'un serrement de cœur. Voilà ce que je suis, et encore je n'en dis pas assez.

CHRISTINE

Je n'ai qu'à m'incliner, monsieur Ravier ; vous êtes un homme des plus heureux, malgré le serrement de cœur.

RAVIER

Je suis divorcé et non remarié, vous le savez sans doute. J'ai de grands enfants qui vivent chacun de son côté. J'ai des maîtresses bonnes filles, qui ne me causent nul souci. Mais tout cela ne va pas loin en moi.

J'aimerais donner à d'autres qu'à ceux à qui je donne, et rien de ce que je donnerais n'aurait été pris à quiconque. Qu'est-ce qu'un bien qu'on ne peut partager ? *(Christine regarde à droite et à gauche les objets, comme si elle n'écoutait pas.)* Est-ce que cela vous intéresserait de voir mon Rubens ? Sous l'occupation, les Allemands ont essayé par tous les moyens de l'acheter. J'ai bien ri.

CHRISTINE

Certainement, je serais contente de le voir. Ça doit être magnifique.

RAVIER

Nous irons tout à l'heure : il faut monter, c'est un peu compliqué...

CHRISTINE, *regardant un buste de Ravier.*

C'est vous, ça ? On ne le dirait pas.

RAVIER

Il y a neuf ans.

CHRISTINE

Ah ! c'est ça.

RAVIER

Vous trouvez que j'ai beaucoup changé ?

CHRISTINE

Un homme de quarante-neuf ans et un homme de cinquante-huit, ce n'est pas la même chose.

RAVIER

Non.

CHRISTINE

Monsieur Ravier, il y a ceci que je voulais vous demander ; vous ne le prendrez pas mal. Pour les motifs de décoration que vous m'achetez aujourd'hui, vous me donnerez moins que la dernière fois. Je me suis informée ; j'ai su alors que le prix que vous m'aviez offert était très excessif. Et j'ai bien regretté de l'avoir accepté, par ignorance.

RAVIER

Je vous ai dit il y a un instant, et sans intention, que chez moi il y a tellement d'argent que je n'en sais jamais le compte. Et vous, vous m'avez dit votre situation peu aisée. Vos parents, à Metz, se débattant dans des affaires difficiles. Vous, vivant seule ici chez votre oncle, qui a un emploi modeste, et ne connaissant rien de la vie de Paris, puisqu'il n'y a que quatre mois que vous êtes des nôtres ; sans ouvertures, sans relations, gagnant vos journées en plaçant des motifs de décoration, qui vous rapportent sans doute un peu, parce que vous ne manquez pas de talent, mais enfin...

CHRISTINE

Je suis vraiment très, très à plaindre ! J'ai eu la candeur, en effet, de vous parler un peu de moi. Et, bien entendu, vous avez sauté là-dessus...

RAVIER

Mademoiselle Villancy, il n'y a pas de relations humaines, je veux dire : pas de relations dans la moindre gentillesse, si d'un côté l'on porte des verres déformants par lesquels tout du partenaire est vu sous un aspect mauvais et affreux. « Sauté là-dessus » ! Certains petits mots suffiraient pour dissoudre un sentiment, de la même manière qu'un seul grain de sel dissout un bloc de glace. Vous vivez dans une demi-gêne, c'est de votre bouche que je le sais. Moi, je vis dans l'opulence. Il serait simplement odieux que, de temps en temps...

CHRISTINE

Que, de temps en temps, vous ne me fissiez pas la charité. C'est cela, n'est-ce pas ?

Un silence.

RAVIER

Mademoiselle Villancy, j'ai beau avoir pâti assez de vous avoir parlé à cœur si ouvert, rien ne m'empêchera jamais de continuer à le faire. Je ne peux pas vous parler autrement qu'à cœur ouvert, — en jetant tout dans l'abîme, comme si je parlais à une planète inconnue. Voici donc. Je vous ai montré tout à l'heure le côté lumineux de mon existence. Et pourtant sa trame est faite de fatigues, de tâches qui me déplaisent, de temps perdu avec des gens qui me dégoûtent ou m'agacent.

CHRISTINE

Et moi, croyez-vous donc que...

RAVIER

Oui, je sais. Je suis même une de ces personnes qui vous agacent, et c'est sans doute ce que vous avez voulu me faire comprendre.

CHRISTINE

Je ne me permettrais pas...

RAVIER

Savez-vous ce qui est pénible dans les affaires ? C'est qu'il faut toujours chipoter, même quand le gain vous est indifférent. Parce que, si on ne chipote pas, ça a l'air d'une pose. Ah ! c'est beau, de gagner de l'argent, mais ça se paie cher ! Les gens comme vous ne connaissent pas leur bonheur.

CHRISTINE

Non, sûrement.

RAVIER

Les objets sont insignes, et les hommes sont hideux, — et, chose étrange, ce sont quelquefois des hommes hideux qui fabriquent ces objets insignes. Vous m'avez entrouvert la porte un instant sur un monde tout à fait autre, et puis l'avez refermée. Sur quel monde ? Sur le monde de la propreté, de la fierté et du courage. Et encore : sur le monde qui est celui des neuf dixièmes de l'humanité, le monde des gens qui n'ont pas plus d'argent qu'il ne leur en faut. Et encore : sur un monde où un homme de mon âge réapprend la fraîcheur, réapprend à attendre le courrier, à attendre la sonnerie du téléphone (avec toujours cette terreur qu'il y ait un « dérangement »), un monde où il y a autre chose que les liaisons d'apparat ou l'amour vénal... Vous m'avez ouvert cette échappée sur un jardin plein de musique, et puis vous l'avez refermée. Toujours ces courriers où il n'y a rien de vous : penser que je ne connais pas votre écriture ! Toujours ces coups de téléphone qui ne sont pas de vous : penser que pas une fois, en deux mois, vous ne m'avez téléphoné !

CHRISTINE

Je n'avais pas de raisons de vous téléphoner, puisque, quand j'ai à vous parler, je viens.

RAVIER

Vous pouvez me téléphoner pour me dire que vous venez.

CHRISTINE

Vous m'avez dit que vous étiez toujours là.

RAVIER

Tout va bientôt finir, et la tristesse même. Alors que ce qui me reste à vivre est court et si encombré, vous coupez encore de cette vie en disparaissant d'elle comme vous le faites. Vous perdez votre chance, et vous me faites perdre la mienne. Il faut être rejeté au désert, rejeté à la vanité, rejeté à l'amour sans amour, rejeté à la profession : vendre ou ne pas vendre, expertiser, payer, être payé, chercher à faire payer, aller avec des femmes que l'on paie... Écoutez-moi. Je suis un homme simple. Je vais vous dire des choses simples. D'abord, bien entendu, il n'est pas question que vous m'aimiez. Il est question que vous me supportiez.

CHRISTINE

Vous êtes un réaliste.

RAVIER

Je suis un sentimental réaliste. Je ne vous demande même pas votre amitié. Je vous demande de me donner quelquefois votre présence — plus d'une fois par mois, — et de me laisser avoir de l'amitié pour vous, une amitié dont je ferais tout mon possible pour qu'elle vous fût légère. Votre présence. Fermer les yeux, les cacher avec mes mains, mais savoir que vous n'êtes pas éloignée de moi. J'ai cinquante-huit ans, je n'ai jamais demandé cela à personne. Je vous offre mon amitié, quand il n'y a rien pour vous d'amical sur la terre.

CHRISTINE

Il n'y aurait pas pour moi d'autre amitié que la vôtre ?

RAVIER

Non, aucune. Vous ne trouverez d'amitiés que celles de gens qui voudront coucher avec vous. Je vous offre mon amitié, et je ne vous demande qu'un peu de votre présence. Peut-on demander moins ? Donnez-moi cette poignée de bonheur avant que je ne disparaisse tout entier. Vous n'avez pas confiance ?

CHRISTINE

Non.

RAVIER

Vous avez des répliques qui coupent le souffle.

CHRISTINE

J'adore dire la vérité.

RAVIER

Vous, toujours si petite quand je vous revois dans cette pièce (et j'en suis toujours étonné), que vous avez fait de choses ! Vous m'avez révélé cette sensation inconnue : être dédaigné. Pour la première fois de ma vie, je me trouve un peu ridicule. Et pourtant, ce ridicule, je l'accepte, et je dirai presque que je l'aime, puisqu'il est né par vous. Mais je sens bien que je m'enferre sur tout ce que je vous dis d'affectueux, comme je me suis enferré sur ce misérable petit cadeau que j'ai eu la sottise de vous faire porter. Pourquoi ne l'avoir pas accueilli avec la même simplicité avec laquelle je l'envoyais ? Il faut être très simple avec ceux qui vous aiment. Très simple !... Je pense que, si je vous offrais ne fût-ce qu'une de ces pêches, vous la refuseriez, pour ne rien tenir de moi. Allons, prenez-en une. C'est une femme qui me les a offertes.

CHRISTINE

Bien entendu. Et, bien entendu, il ne faut pas que je l'ignore.

RAVIER

Oh ! la donatrice n'est pas compromettante. C'est une vieille amie, Mlle Andriot, qui s'occupe de façon intermittente et bénévole de mes affaires. Elle a une bonne culture artistique — ancienne élève de l'École du Louvre — et me rend de précieux services. En tout bien tout honneur : il suffit de la regarder pour savoir ce qui a manqué à Mlle Andriot toute sa vie. Il y a celles qu'on prend dans ses bras, et les autres : Mlle Andriot est des autres. Ce visage qui n'a jamais été baisé est comme un jardin privé d'eau. J'ai même su d'une de ses amies que, déjà jeune fille assez mûre, il lui arrivait de baiser son bras nu, parce qu'elle n'avait rien d'autre... Vous la verriez, peut-être ririez-vous, car les Français sont cruels pour les vieilles filles. Et vous ririez à tort : Mlle Andriot est une personne assez remarquable. — Je vois que j'avais raison. Même un seul de ces fruits, vous n'en voulez pas. Il faut à toute force que je n'aie pas le pouvoir de vous faire plaisir !

CHRISTINE

Vous croyez que je suis quelqu'un que l'on use avec des cadeaux ?

RAVIER

Que faut-il donc pour conquérir votre amitié ? Ne rien vous offrir ?

CHRISTINE

Ne pas attendre que ce que vous offrez vous rapporte.

RAVIER

Vous êtes comme une chatte à qui l'on fait gentiment une petite caresse, et qui répond avec un coup de griffe. Je ne comprends pas. Oui, en vérité, excusez-moi : je suis comme stupéfait de vous voir répondre par de la haine à tant d'amour.

CHRISTINE

Je n'ai pour vous nulle haine, monsieur Ravier. Mais j'aime tellement la liberté, que la seule idée que des hommes pensent à moi, et disposent de moi en imagination, m'est insupportable.

RAVIER

Mon Dieu ! est-ce que je « disposerais de vous » dans ce moment où ma journée de travail cesse, et où, tout d'un coup, c'est vous que je retrouve en pensée, tellement intacte... — Mais enfin ! regardez-moi donc un instant ! Oh ! je comprends bien que mon visage ne soit pas quelque chose de très plaisant à contempler... Mon regard, que je charge pour vous de tant de choses, vous le fuyez sans cesse et regardez ailleurs — au-delà de moi, à côté de moi, — même alors que vous me parlez. Et ce que je vous dis en frémissant, vous ne l'écoutez même pas. Mes entretiens avec vous sont des monologues, et des monologues sempiternels, et que vous n'écoutez même pas.

CHRISTINE

Je ne suis pas expansive de nature.

RAVIER

Non. Votre devise, votre règle d'or, c'est : ne pas donner. Surtout, avant tout, ne pas donner. Et, si par hasard vous en avez fait mine, reprendre. — Est-ce que votre oncle vous parle quelquefois de moi ?

CHRISTINE

Nous évitons ce sujet.

RAVIER

Silence sur le crime. Sur le crime qui n'existe pas. Tout cela est étrange, pénible, et non viable.

CHRISTINE, *se levant.*

Il est tard. Monsieur Ravier, je vais être obligée de partir.

RAVIER

Partir ! Toujours partir ! Reviendrez-vous jamais ?

CHRISTINE

Mais oui.

RAVIER

Je le sais bien, qu'un jour vous ne reviendrez plus.

CHRISTINE

Je reviendrai, je vous en donne l'assurance.

RAVIER

Décevante Christine Villancy !

CHRISTINE

Est-ce que vous ne vous êtes pas appris, à votre âge, à n'attacher pas trop d'importance au fait d'être déçu par les gens ?

RAVIER

Je me le suis appris.

CHRISTINE

Au revoir, monsieur Ravier.

RAVIER

Voici ce que je vous dois. Je vous donne moins que l'autre fois, selon votre désir.

CHRISTINE

La politesse voudrait que je vous dise merci. Mais excusez-moi : ce mot ne pourrait pas sortir. Et puis, j'ai horreur que vous me donniez ainsi de l'argent de la main à la main.

RAVIER

L'argent du crime. Enfin, oui ou non, m'avez-vous vendu des motifs de décoration ?

CHRISTINE

Vous pouviez me faire donner cela par votre secrétaire.

RAVIER

C'est ridicule, à la fin ! *(Il sonne.)* Le Rubens ?

CHRISTINE

Je le verrai un autre jour.

RAVIER

Moi aussi, justement, vous le montrer ne me faisait plus envie.

CHRISTINE

Au revoir, monsieur Ravier. A bientôt.

RAVIER

Que dire à quelqu'un que l'on n'a nulle envie de revoir, sinon « A bientôt » ? Au revoir, mademoiselle Villancy. *(A M. Jean, qui paraît.)* Monsieur Jean, voulez-vous raccompagner Mlle Villancy ?

SCÈNE II

RAVIER, MADEMOISELLE ANDRIOT

RAVIER

Prenez une de vos pêches, pour que je trouve quelqu'un qui veuille bien de mes cadeaux.

MADEMOISELLE ANDRIOT

Alors, elle s'est encore refusée ?

RAVIER

Il n'est pas question qu'elle se donne, parce qu'elle ne le veut pas et parce que je ne le veux pas.

MADEMOISELLE ANDRIOT

Dans ces conditions, cela aura sûrement lieu.

RAVIER, *rêveur.*

Elle a une petite cicatrice qui a la forme d'un lézard, sur son avant-bras gauche.

MADEMOISELLE ANDRIOT

C'est pour cela que vous l'aimez ?

RAVIER

Pour cela, et pour bien d'autres choses. Je veux dire : pour rien.

MADEMOISELLE ANDRIOT

Bientôt sonnera l'heure du berger.

RAVIER

Le berger a son heure. Le barbare, lui, s'arrête, frappé de respect devant la pureté. Je voudrais être digne d'elle.

MADEMOISELLE ANDRIOT

Ne déraisonnez pas. — Combien avez-vous de maîtresses en ce moment ?

RAVIER

Mettons trois et demie. Mais vous le savez bien.

MADEMOISELLE ANDRIOT

Moi ? Que sais-je de votre vie privée ? Et je n'ai jamais cherché à en rien savoir. Cela me serait facile pourtant. En mille occasions. Tenez, rien que ce pneumatique que vous avez reçu hier et déchiré nerveusement. J'aurais pu en ramasser les morceaux, le reconstituer. Je n'y ai même pas pensé.

RAVIER

Vous y pensez à présent.

MADEMOISELLE ANDRIOT

Trois et demie, sans parler des franc-tireuses ! Vous pouvez donc, sans excès d'héroïsme, laisser en paix Mlle Villancy.

RAVIER

Rien ne m'est plus facile que de me passer d'elle ; c'est à peine si elle me fait envie. Son petit corps de quat'sous ! Tout est ailleurs, et la passion commence.

MADEMOISELLE ANDRIOT

Ne prononcez pas ce mot de passion ; vous me faites rire. Oh ! rassurez-vous : je vous tiens pour violent, impatient, exclusif, vindicatif, orgueilleux, dédaigneux, sans pitié, et naturellement et avant tout fornicateur. Vous voyez, je crois donc que vous connaissez les passions. Mais la passion ? Mais le monde du cœur ? Mais la tendresse ? Parler de tendresse devant vous, c'est parler de couleurs à un aveugle. Je me demande pourquoi c'est moi que vous avez choisie pour causer de cette petite, — puisque vous m'avez dit que vous ne parliez d'elle à personne.

RAVIER

Je suis plein d'elle comme une éponge est imbibée d'eau. Un moment vient où il faut que cela sorte.

MADEMOISELLE ANDRIOT

Et je suis le n'importe quoi qui recueille cette eau précieuse. Mais qu'ai-je à voir avec vos coucheries, présentes ou à venir ? Ce domaine n'est pas le mien.

RAVIER

Ai-je rêvé, ou n'aimez-vous pas ramener irrésistiblement la conversation, quand elle en était à mille lieues, sur quelque sujet touchant à la sensualité ou aux « choses du cœur » ?

MADEMOISELLE ANDRIOT

Qu'allez-vous chercher là ? Vous me connaissez bien mal.

RAVIER

Soit, n'en parlons plus. Mais vous me demandez : pourquoi moi ? Peut-être par goût du danger. Vous avez la réputation d'être un peu méchante...

MADEMOISELLE ANDRIOT

Moi, méchante ? Quand toute ma vie j'ai eu besoin de donner, de bercer ? Quand les enfants viennent vers moi, quand les bêtes viennent vers moi, quand j'ai parfois souhaité que quelqu'un que j'aimais tombât malade — oh ! légèrement, — pour pouvoir le soigner, le dorloter... Moi, méchante ? Moi qui ne suis qu'élan, confiance, abandon... qui crois tout ce qu'on me dit, qui crois jusqu'aux serments qu'on ne m'a pas faits... *(Elle s'arrête, les larmes aux yeux.)*

RAVIER

Excusez-moi, je vous en prie.

MADEMOISELLE ANDRIOT

Les larmes aux yeux devant vous ! Le meilleur moyen de vous exaspérer !

RAVIER

Vous vous trompez. J'aime les larmes.

MADEMOISELLE ANDRIOT

Vous aimez, peut-être les larmes, mais vous les aimez jeunes. Les jeunes larmes...

RAVIER

Depuis sept ans que nous nous connaissons, je n'ai éprouvé que votre amitié, votre dévouement, votre loyauté. Il est bien vrai cependant que quelquefois il fuse de vous, à l'improviste, un jet d'aigreur, de malveillance...

MADEMOISELLE ANDRIOT

Êtes-vous homme à confondre aigreur et amertume ?

RAVIER

Arrangeons tout. Vous n'êtes pas méchante ; vous êtes inquiétante, inquiétante comme l'intelligence. — Elle, elle est inquiétante comme l'innocence.

MADEMOISELLE ANDRIOT

Et vous, inquiétant comme ceux qui aiment l'innocence. Les hommes de votre espèce, qui aiment l'innocence, on sait où cela finit, au commissariat de police.

RAVIER

J'aime moins son innocence que sa singularité. Si elle cédait, je lui en voudrais.

MADEMOISELLE ANDRIOT

On dit cela ! — En somme, vous êtes un petit peu amoureux. Vous avez été souvent un petit peu amoureux dans votre vie ?

RAVIER

Je suis amoureux tous les douze ans.

MADEMOISELLE ANDRIOT

Régulièrement ?

RAVIER

Oui, tout à fait régulièrement. J'ai été amoureux à dix ans. Puis à vingt-deux ans. Puis à trente-quatre, etc.

MADEMOISELLE ANDRIOT

Oh ! alors, si c'est une loi de la nature ! Et cela finit comment ?

RAVIER

Je couche.

MADEMOISELLE ANDRIOT

Avec qui ? Avec la bien-aimée, ou avec d'autres ?

RAVIER

Avec toutes.

MADEMOISELLE ANDRIOT

Voilà un bon présage pour cette fois-ci.

RAVIER

Mais cette fois-ci n'est pareille à aucune des autres fois.

MADEMOISELLE ANDRIOT

Bien entendu.

RAVIER

Parmi les choses étranges qui naissent en nous, il y a aussi, quelquefois, l'honnêteté. Toute femme donne son cœur, son corps, son dévouement, son abnégation, les merveilles de son âme et de sa chair, parce que vous lui avez offert une promenade en auto. Mlle Villancy est insensible aux promenades en auto. Elle est nette, elle a du caractère, elle est désintéressée, elle ne quémande pas...

MADEMOISELLE ANDRIOT

Toutes les femmes ne quémandent pas.

RAVIER

Il y a des façons détournées. Par exemple, j'ai une excellente amie qui sait bien me dire : « Vous qui ne m'offrez jamais de fleurs... »

MADEMOISELLE ANDRIOT

Vous m'offririez des fleurs, je les refuserais !... Est-ce que je ne vous ai pas rapporté une fois une bouteille de malaga que, je ne sais pourquoi, vous vous étiez cru obligé de m'envoyer ? Je vous ai toujours dit que vous deviez me traiter comme si j'étais un homme. Je me suis arrangée pour gagner ma vie de façon à être libre. Je ne suis pas une entretenue, moi ! Nous sommes de bons vieux copains. Pas de fadaises !

RAVIER

Le « pas de fadaises » est tout à fait du langage de Mlle Villancy. Vous direz ce que vous voudrez : que cette fille se maintienne ce qu'elle est, dans le Paris d'aujourd'hui, c'est chic. Je n'abîmerai pas cela.

MADEMOISELLE ANDRIOT

Que Paris l'abîme vite, et qu'elle soit à vous.

RAVIER

Qu'elle ne soit jamais à moi, plutôt que de l'être à ce prix.

MADEMOISELLE ANDRIOT

Est-elle jolie ? Jean m'a dit qu'elle a le nez en l'air comme un petit cochon.

RAVIER

Si on veut. Mais comme un petit cochon qui serait bien.

MADEMOISELLE ANDRIOT

D'après ce que vous m'avez dit d'elle, je ne crois pas qu'elle soit intelligente (toutefois, si j'ai bien compris, cela fait partie de ses attraits). De votre aveu même, elle n'a ni éducation ni culture. Ses dons de décoratrice ? Avouez qu'elle n'a aucun talent.

RAVIER

C'est justement ce qui est sympathique.

MADEMOISELLE ANDRIOT

Vous avez là des dessins d'elle, que vous venez d'acheter. Faites voir.

RAVIER, *les dérobant.*

Ce sont des dessins d'une de ses copines, que j'ai achetés par politesse.

MADEMOISELLE ANDRIOT

Toujours votre bon cœur. — Et il semble en outre qu'elle soit un peu bluffeuse.

RAVIER

Vous voyez, vous devenez méchante. Bluffeuse ?

MADEMOISELLE ANDRIOT

Ne vous a-t-elle pas dit d'abord que son père, à Metz, était « dans des Conseils d'administration » ? Ensuite elle s'est coupée : elle vous a dit qu'il partait à son travail, le matin, à sept heures et demie. Je ne pense pas que, même à Metz, les Conseils d'administration tiennent séance à huit heures du matin.

RAVIER

Je ne vois là de sa part qu'un peu de fierté douloureuse, qui m'émeut.

MADEMOISELLE ANDRIOT

Ses mensonges vous allument, comme sa pauvreté vous brûle. Ah ! ah ! pour moi vous êtes transparent. Je lis en vous comme dans du cristal.

RAVIER

Vous êtes maladroite de vous en vanter.

MADEMOISELLE ANDRIOT

Elle vient, elle fait marcher sa serinette de vertu... Allez, je sais bien comment sont les hommes : il n'y a que les crétines qui soient aimées.

RAVIER

Elle n'est en aucune façon une crétine ; quelle mouche vous pique ? Oui, cette fois, on dirait bien, en effet, de l'amertume...

MADEMOISELLE ANDRIOT

De l'amertume ? *Moi,* de l'amertume ? Dans toute ma vie, il n'y a pas de sentiment qui m'ait été plus étranger que l'amertume. Pour avoir de l'amertume, il faudrait des motifs d'en avoir.

RAVIER

Bon, bon... Mais, je vous en prie, ne touchez plus à elle, et en de tels termes ! Non, vous ne me ferez pas honte de ce petit être. C'est moi que vous respecterez en elle, si vous me respectez. Et laissez, que je me retrouve un instant seul dans le sentiment que je lui porte. J'y suis comme dans une petite chapelle, car tout y est pur. Si je n'avais aimé qu'une fois comme cela dans ma vie, je serais sauvé.

MADEMOISELLE ANDRIOT

Sauvé devant qui ? Vous ne croyez pas en Dieu.

RAVIER

Sauvé devant moi-même. Si elle voulait, elle pourrait faire de moi un homme nouveau.

MADEMOISELLE ANDRIOT

Vous êtes très bien comme vous êtes. Croyez-vous que j'aie eu jamais besoin, moi, que qui que ce soit fît de moi une femme nouvelle ? Tenez, j'ai encore reçu une lettre du général. Eh bien...

RAVIER

Le général ?

MADEMOISELLE ANDRIOT

Voyons, vous ne vous souvenez pas ? ce général qui voudrait que je devienne madame la générale.

RAVIER

Ah, oui !

MADEMOISELLE ANDRIOT

Il est de plus en plus pressant. Châtelaine ! Quatre domestiques ! Mais il perd bien son temps, le pauvre. Moi, me marier, vous voyez cela ? Aliéner ma liberté ! Devenir la proie d'un homme, d'un de ces dégoûtants ! Je lui laisse un peu d'espoir, par charité.

RAVIER

Vous ne voulez pas me dire son nom ?

MADEMOISELLE ANDRIOT

Pensez-vous, mon cher. C'est une question d'honneur. — Vous savez que le bouton de votre veston est sur le point de se détacher. Il y a deux jours, d'ailleurs, qu'il est dans cet état. Je ne sais pas qui entretient votre ménage, mais ce n'est pas fameux ! *(Ravier arrache le bouton.)* Donnez-moi cela. Je vais le recoudre.

RAVIER

Inutile. Jean va monter le veston à l'appartement, où la femme de chambre...

MADEMOISELLE ANDRIOT

A quoi bon ? J'ai là du fil. Vous ne savez donc pas qu'une femme ordonnée a toujours une aiguillée de fil dans son sac à main ? Il faudra même que je recouse les autres boutons. Ils en ont besoin.

RAVIER, *vivement.*

Je vous répète que c'est inutile : je monte dans cinq minutes à l'appartement.

MADEMOISELLE ANDRIOT

Allons ! donnez ce veston. Mais peut-être ne voulez-vous pas que je vous voie en corps de chemise. Mon pauvre ami, si vous saviez comme de telles idées sont loin de moi !

RAVIER

Laissez donc mes boutons, et aussi, pendant que nous y sommes, apportez-moi moins de fruits et confectionnez-moi un peu moins de vos délicieux sabayons. Vous pouvez m'être utile par votre intelligence, votre goût, votre culture. Ne cherchez pas à vous rendre indispensable où vous ne l'êtes pas.

MADEMOISELLE ANDRIOT

Dites-le donc, que vous êtes excédé de mon amitié ! Mais oui, dites-le donc !. Les mots se sont formés sur vos lèvres pour le dire, — puis vous les avez retenus.

RAVIER

Non, mais cela m'agace un peu que vous veuilliez vous préparer une arrière-saison où vous vous direz, dans un sentiment protecteur : « Quand je le nourrissais... Quand je lui recousais ses boutons... » Voire : « Quand il *me faisait* recoudre ses boutons... » Cette histoire de boutons ne tient pas debout, puisque Catherine, dans cinq minutes...

MADEMOISELLE ANDRIOT, *avec humeur.*

Parfait ! Restez comme vous êtes. Tout à fait élégant. Enfin, heureusement que nous avons, aujourd'hui encore, une cravate neuve ! Vous êtes comme un collégien. Depuis que vous connaissez Mlle Villancy, vous avez doublé le nombre de vos cravates...

RAVIER, *avec l'accent de la sincérité.*

Quelle absurdité ! Il y a six mois que je vous ai dit qu'il fallait que je renouvelle mes cravates.

MADEMOISELLE ANDRIOT

Quand même, ce bouton qui manque ! Si on vous voyait ainsi !

RAVIER

Négligé de mise, et moche de visage : me voilà complet.

MADEMOISELLE ANDRIOT

Moche de visage ? Depuis quand ?

RAVIER

Elle hait ma vieillesse.

MADEMOISELLE ANDRIOT

Vous n'êtes pas vieux, et si elle hait quelque chose en vous, ce n'est pas cela. Elle hait votre argent.

RAVIER

Elle hait ma vieillesse, et elle hait mon argent. J'étais arrivé jusqu'à ce jour sans savoir ce qu'était devenu mon visage. Les femmes que je payais se gardaient de me le dire. Elle, insidieusement, elle m'a appris que j'étais vieux. Elle ne cesse de revenir là-dessus... Partout où je me sens blessé, je la trouve.

MADEMOISELLE ANDRIOT

Et dire que c'est juste le contraire avec moi ! Vous avez à peu près mon âge, et il m'est impossible de penser à vous autrement que comme à un homme qui aurait vingt ans de moins que moi.

RAVIER

Maintenant je porte mon visage, partout, comme un cancer. Il ronge ma vie. Tout ce que je fais est déshonoré par ce visage. Je suppose que les gens qui n'ont pas d'argent doivent ressentir ce même sentiment de honte que je ressens à savoir que je suis laid.

MADEMOISELLE ANDRIOT

Vous, laid ! Vous avez quelquefois le visage fatigué des hommes trop aimés. Mais : laid ! Quand on me glisse à l'oreille, dans les magasins, dans les restaurants : « Qui est donc cet homme si bien qui est avec vous ? » Mais voilà ces petites imbéciles ! Ah ! qui nous délivrera des fillettes ! Tout le monde devrait avoir soixante ans.

RAVIER

Si elle me baisait au visage, je crois que je serais sur le point de lui dire merci. Alors, non, pas cela.

MADEMOISELLE ANDRIOT

Les autres ne vous baisent-elles pas au visage ?

RAVIER

Les autres sont en service commandé.

MADEMOISELLE ANDRIOT

Il y a des rides qu'une femme qui aime voudrait combler avec ses baisers.

RAVIER

Une folle. Une vicieuse.

MADEMOISELLE ANDRIOT

Tenez, ce matin même, on vous a baisé au haut de la joue. Un brin de morsure et un brin de rouge.

RAVIER

La morsure de mon rasoir automatique !

MADEMOISELLE ANDRIOT

Ah ! ah ! ah !

RAVIER, *avec impatience, et l'accent de la sincérité.*

Je vous répète que je me suis coupé. C'est pourtant visible, que c'est une coupure de rasoir !

MADEMOISELLE ANDRIOT

Ne vous fâchez pas.

RAVIER

Mettre seulement mon visage contre le sien ? Je le lui corromprais, son visage de fruit. Être parvenue à me dégoûter de mon visage. Être parvenue aussi à me dégoûter de la chair. Non seulement de la chair vendue, mais de l'autre, — mais de la sienne ! A découronner pour moi la chair, la chair qui toute ma vie m'a sauvé. Aussitôt qu'elle m'a quitté, je vais me guérir d'elle avec les jeunes personnes de mon habitude. Mais là encore, absent de cette chair où je croyais trouver refuge, là encore c'est sa présence que j'appelle, sa présence avec ses *non* et tout ce qu'elle a de presque odieux. J'aime mieux un *non* d'elle que les mille *oui* des autres. J'aime ses impertinences, j'aime son regard froid et dur, toujours posé sur tout ce qui n'est pas moi, j'aime la haine qu'elle me porte, j'aime le mal qu'elle me fait et qui n'est qu'une espèce de rêve, car il ne reste en moi que le temps de me lier à elle ; je cherche en vain la trace des blessures qu'elle m'a faites : je ne trouve ni douleur ni cicatrices. Si quelque hasard l'obligeait à passer une nuit sous mon toit, je la regarderais dormir sans la toucher. Je resterais des heures à regarder seulement une de ses mains, et à me dire : « C'est la main de Christine Villancy. » Moi qui n'aime pas Dieu, je fais la croix sur ma poitrine, quand je pense à elle. Je l'aime plus que ne l'aiment son père et sa mère ensemble. Elle ne comprend rien de moi, si elle ne comprend cela. *(Mlle Andriot chancelle.)* Qu'avez-vous ?

MADEMOISELLE ANDRIOT, *s'affaissant, dans un souffle.*

Tenez-moi la main, que je ne meure pas.

RAVIER

Ma chère amie, qu'y a-t-il ? *(Il se penche sur Mlle Andriot, l'allonge sur le sofa, puis se relève et sonne au timbre électrique de son bureau. A M. Jean, qui entre :)* Monsieur Jean, vite, appelez le docteur Lebel ! *(Ayant posé la main sur le cœur de Mlle Andriot.)* Elle n'est qu'évanouie.

ACTE II

Même décor.

SCÈNE PREMIÈRE

RAVIER, MADEMOISELLE ANDRIOT

RAVIER

Un mois que je n'ai pas reçu un signe d'elle ! Un mois suspendu à ce téléphone, attendant d'y boire une lampée de vie : cette source globuleuse, extraordinaire de fraîcheur, qu'est une voix de très jeune fille jaillissant à l'improviste, par le téléphone, dans le logis aride de l'homme, et dont l'univers est transfiguré... Mais non, éternellement le même train de ce monde : vous donner tout ce dont on n'a pas envie, et vous refuser ce dont on crève d'envie. Comme j'étais plus heureux quand j'étais entouré de femmes avec lesquelles il n'était question que de plaisir ! Il y a dans le plaisir quelque chose de rond, d'accompli, qui n'existe jamais dans la tendresse. Tu as joui, j'ai joui : le cercle est fermé ; pas de déception et pas de doute. Dans la tendresse, presque toujours la déception, et toujours le doute.

MADEMOISELLE ANDRIOT

Deux mois de soupirs vcus ont suffi. Je vous retrouve enfin.

RAVIER

C'est elle qui, par ses rebuts, a corrompu ce sentiment si délicat que j'avais pour elle.

MADEMOISELLE ANDRIOT

Parce qu'il n'était pas bien fort. Une femme qui aime peut demeurer des années sans que rien lui soit rendu. On la maltraite : elle s'en nourrit.

RAVIER

Naguère, sa vertu, par moments je la méprisais, par moments elle me touchait. Maintenant je la méprise sans cesse. Le réflexe de pudeur est caractéristique des arriérés. D'ailleurs c'est une déficiente : elle a 64 de pouls. Je ne connais rien de plus ridicule que le petit geste sec par lequel elle rabaisse sa jupe, quand elle est assise. Mon neveu, qui a vingt-trois ans, avait vu une fille lui faire une tête épouvantable parce qu'il l'avait un peu frôlée, exprès, dans l'autobus. Il me dit : « Je lui aurais craché dessus ! » Voilà qui est parler.

MADEMOISELLE ANDRIOT

Oui, les transports en commun... Pendant l'occupation, ce que j'ai pu voir dans le métro !

RAVIER

On ne voit cela que quand on cherche à le voir.

MADEMOISELLE ANDRIOT

Quand on cherche !... Mais c'était sous mes yeux, je vous dis ! sous mes yeux ! Et... l'acte complet ! intégral ! de *a* à *z*.

RAVIER

Est-ce possible ? Moi qui ne vais qu'en auto... Ah ! j'ai toujours pensé que les bourses moyennes avaient de grandes compensations.

MADEMOISELLE ANDRIOT

N'empêche que l'avenir est avec vous.

RAVIER

L'avenir ! Mais regardez-moi donc ! Un visage qui justifie toutes les défaites, un visage qu'on est toujours prêt à tout pour se faire pardonner. Le voilà, l'avenir. Que je la prenne une bonne fois, et que ce soit fini.

MADEMOISELLE ANDRIOT

Un jour, vous vous réveillerez des fillettes. L'histoire Villancy, c'est sans issue.

RAVIER

Au fond, je le sais bien.

MADEMOISELLE ANDRIOT

Alors, pourquoi vous obstinez-vous ?

RAVIER

Je ne peux plus me passer de ma tendresse. C'est si bon, d'aimer quelqu'un.

MADEMOISELLE ANDRIOT

Il n'y a guère que cela qui justifie de vivre.

RAVIER

Un jour j'ai eu conscience que je l'aimais, et cette conscience s'est déployée en moi avec la majesté du jour qui se lève.

MADEMOISELLE ANDRIOT

Ces mots seraient beaux, venant d'un autre que vous. Mais il y a un instant vous disiez : « Que je la prenne et que ce soit fini. » Je vous en prie, ne parlez plus de votre tendresse. Vous vous êtes un peu monté la tête : ne confondez pas cela avec la tendresse. Il y a un amour dont ni vous ni cette gamine vous n'avez la moindre idée. Celui que j'ai surpris quelquefois dans les yeux de ma mère. Devrai-je donc vous apprendre ce qu'ils disaient, ses yeux ? Ils disaient : « Ah ! si je pouvais arracher lambeau par lambeau des parcelles de ma vie, pour te les donner et que tu puisses vivre plus longtemps encore ! si je pouvais, tandis que je te parle, ne pas dérober ce moment de ta vie, et que tu puisses le consacrer au bonheur ! » Ma mère savait aimer et je suis sa fille. Elle n'était pas fidèle : elle était la Fidélité. La fidélité est le pouvoir d'incarner en un seul être cent êtres divers. Ce que vous avez demandé, vous, à une foule de créatures — à cet essaim de femmes qui a bourdonné autour de vous tout le long de votre vie, —

ma mère, et moi, nous le tirions d'une seule. Ma mère croyait que ce pouvoir d'aimer peut parvenir à être compris de l'homme...

RAVIER

Que ne peut-il parvenir à être compris de la femme !

MADEMOISELLE ANDRIOT

Un peu avant de mourir, elle me disait : « Soit, tu n'es pas jolie. Mais qu'est-ce que la beauté ? Un rayon d'intelligence peut transfigurer un visage imparfait et le rendre digne d'être adoré. » Ma mère, me disant cela, semblait déjà me contempler du fond des âges. Elle me regardait, oui, elle me regardait de la même façon qu'en cet instant je vous regarde. Et c'est le souvenir de ce regard qui me donne le courage de vous regarder comme vous ne m'avez jamais vue vous regarder, — jamais. Que devient tout cet amour qu'on a reçu, dont on s'est chargé ? Qu'est devenu l'amour splendide que me portaient ma mère et ma grand-mère ? Qu'en ai-je fait ? A qui l'ai-je rendu ? Ah ! je l'ai rendu, je le sais, et à qui ; il n'y a que vous qui ne le sachiez pas. *(Ravier recule un peu sa chaise.)* Vous reculez votre chaise ? Vous avez peur que je ne vous mange ? Que vous êtes drôle ! Si vous pouviez vous voir ! — Pourquoi m'avoir ainsi torturée ? Par quel raffinement abominable est-ce moi, juste moi, que vous avez choisie pour me dire sur cette fille les seuls mots tendres qu'en sept ans j'aie entendus de votre bouche ? Je sentais mon âme craquer dans mon corps ; soyez fier, quelle prouesse ! vous m'avez conduite jusqu'à l'évanouissement. Durant cette glissade où je me perdais, vous étiez là avec votre expression habituelle, mais, dès que je voulais vous adresser la parole, vous n'aviez plus de regard et je n'avais plus de voix. Enfin, dans ma demi-inconscience, vous m'avez arraché des mots qui avouaient je ne sais quoi...

RAVIER

Moi ! je vous ai arraché !...

MADEMOISELLE ANDRIOT

Vous avez profité de mon désarroi pour voler la clef de mon âme. Au moment où j'ai pris votre main, un frisson glacé m'a parcouru tout le corps, une voix m'a dit : « Tu es en train de te faire prendre en horreur. » Alors, de tout mon être, j'ai souhaité de glisser jusqu'au fond et de mourir. Et alors encore une voix en moi a crié : « Non ! non ! Tu ne peux mourir. Tu n'as pas été heureuse. » Depuis, je n'ai cessé d'être pantelante, brisée au point de ne pouvoir monter un escalier, épuisée au point de ne pouvoir déboucher une bouteille, cependant que vous feigniez de n'avoir pas compris, que vous vous enfonciez dans la fiction que rien ne s'était passé. Depuis un mois je suis suspendue sur la croix, dans un affreux étonnement de moi-même. Ah ! c'est long, l'agonie d'une âme. — Mais le frisson glacé me ressaisit. Adieu.

RAVIER

Ma chère amie, je suis confondu... Une telle exaltation...

MADEMOISELLE ANDRIOT

Croyez-vous que je ne me reproche pas ma démence ? Vous allez me haïr parce que vous aurez cru que je vous aime. Je ne vous aime pas, je vous le jure, je ne vous aime pas de la manière qui vous ferait horreur. De l'amitié, avec peut-être, si on veut, un peu de tendresse maternelle... Vous détestez que je vous aime. Si bien que j'en suis venue à détester de vous aimer. Voilà le naturel que vous m'avez laissé. Allons, rentrez dans votre fiction qu'il n'y a rien eu, que je ne vous ai rien dit. Oubliez ce combat entre mon âme et moi...

RAVIER

Je ne veux rien oublier, mais au contraire, à force d'amitié, vous faire mieux comprendre...

MADEMOISELLE ANDRIOT

Je suis tellement habituée au désespoir que, comment vous dire ? s'il m'était donné d'avoir une joie, je crois que je n'en aurais pas de plaisir. Si un magicien me rendait subitement mes vingt ans, je serais encore une femme âgée. Si j'étais aimée de ce que j'aime le plus au monde, je serais encore une femme abandonnée. Perdre la notion que j'existe, c'est cela qu'il me faudrait, c'est à cela que j'aspire sans cesse. Mais, dans mon sommeil même, mes gémissements me rappellent que je suis. Il n'y a eu que tel ou tel instant passé à côté de vous qui m'ait délivrée, tant qu'il durait, de cette conscience d'être... — J'ai fini ce que j'avais à vous dire. Le reste, je ne pourrais le dire sans pleurer.

SCÈNE II

Les mêmes, MONSIEUR JEAN

MONSIEUR JEAN

Monsieur, Mlle Villancy est en bas et demande à être reçue.

RAVIER

Mlle Villancy ?

MADEMOISELLE ANDRIOT

Si vous le désirez, je peux la voir.

RAVIER

La voir ? Pour quoi faire ? *(A M. Jean :)* Que Mlle Villancy attende un instant.

SCÈNE III

RAVIER, MADEMOISELLE ANDRIOT

MADEMOISELLE ANDRIOT

Pour lui dire qui vous êtes.

RAVIER

Vous feriez cela ?

MADEMOISELLE ANDRIOT

Ne vous ai-je pas dit de ma mère : « Elle n'était pas fidèle : elle était la Fidélité » ? Et que je suis sa fille ?

RAVIER, *après une hésitation.*

Je vous laisse avec elle. Je le fais par goût du danger, et par goût de la folie. Je reviendrai dans dix minutes. *(Il sonne. A M. Jean :)* Faites monter Mlle Villancy.

MADEMOISELLE ANDRIOT, *changeant de ton tout d'un coup, avec légèreté, minauderie.*

Je lui dirai du concubinage ce que le Prince de Ligne dit de la guerre : qu'« il ne faut pas se faire un si grand monstre du plus beau des fléaux ».

SCÈNE IV

MADEMOISELLE ANDRIOT, CHRISTINE

MADEMOISELLE ANDRIOT

Mademoiselle, M. Ravier est occupé encore un instant et m'a priée de vous faire prendre patience. *(Souriant.)* Lui, il est très patient avec vous. Excusez-moi, je suis une vieille amie de M. Ravier. Il y a sept ans que nous nous connaissons, d'un commerce presque quotidien.

CHRISTINE

En quoi M. Ravier est-il forcé d'être patient avec moi ?

MADEMOISELLE ANDRIOT

M. Ravier a beaucoup d'amitié pour vous et...

CHRISTINE

Oh ! Madame, je vous en prie ! Si vous désirez plaider la cause de M. Ravier, ou me faire des reproches, vous perdez votre temps. Il s'en charge très bien lui-même.

MADEMOISELLE ANDRIOT

Mademoiselle, vous vous méprenez sur mes intentions. Je voudrais seulement, puisque nous avons quelques minutes à passer ensemble, vous dire un peu qui est M. Ravier, que vous ne connaissez sans doute que par la voix publique. D'abord, c'est un très galant homme. Rien de mal ne peut vous venir par lui : cela, il faut que vous le sachiez. Je ne vous dirai pas que c'est un homme puissant : je sais que vous êtes très désintéressée. Quoique, si un jour vous aviez à lui demander un service...

CHRISTINE

Moi, lui demander un service ? Ah ! cela, jamais ! J'aimerais mieux supporter n'importe quoi, perdre n'importe quoi, que lui demander un service.

MADEMOISELLE ANDRIOT

Bon, c'est entendu, laissons de côté qu'il soit un homme important. Mais je vous dirai que c'est un homme qui a beaucoup fait, beaucoup travaillé, beaucoup aimé ce qu'il y a de plus beau dans l'art, et, sans qu'il y paraisse peut-être, beaucoup servi son pays. Les musées ne suffisent pas ; les grands antiquaires sont eux aussi les gardiens des trésors de la civilisation, qui seraient détruits sans eux. Vous n'avez pas à dédaigner cette sympathie que vous porte M. Ravier, — cette partialité qu'il a en votre faveur.

CHRISTINE

M. Ravier m'offre son amitié. Je suis sûre qu'il est sincère. Mais je ne crois pas à l'amitié des hommes. Avec lui je ne serais jamais tranquille.

MADEMOISELLE ANDRIOT

Vous êtes Lorraine. Le regard sur la frontière ! Toujours à croire que l'Allemand va déboucher. Dans un sens, je vous comprends. Le désir de l'homme, ce n'est pas beau. Moi, quand j'étais fillette, il y a eu un jour un homme qui dans la rue, sous nos fenêtres, s'est livré à... enfin, je ne peux vous dire... Mais ce que j'ai vu m'a paru tellement hideux ! J'en ai gardé un tel souvenir ! J'ai été dégoûtée de cela pour la vie.

CHRISTINE

Et le désir de la femme, est-ce que vous trouvez que cela est beau ? Est-ce que vous n'avez jamais vu ce qu'est une femme qui se laisse tripoter ? Ou qui fait des avances ? La plupart des femmes sollicitent, alors qu'elles devraient à cela préférer mourir. J'en voyais une, tout à l'heure, dans la rue, qui caressait un chien tenu en laisse par son maître, et il était tellement visible que... Et le monsieur avait un petit sourire de coin qui en disait long, si humiliant !...

MADEMOISELLE ANDRIOT

Tripoter, c'est très mal ! Mais câliner, c'est très bien !

CHRISTINE

Est-ce que ce n'est pas la même chose ?

MADEMOISELLE ANDRIOT

Voyons ! Aucun rapport. Que parlons-nous de désir ! C'est de la tendresse que j'ai à vous parler. Aujourd'hui je suis vieille, pourtant ne vous y trompez pas : je suis une femme qui a été très chérie, très embrassée. Si vous saviez tous les hommes qui m'ont prise sur leurs genoux ! Et dans les plus hautes sphères de la société ! Eh bien, ma petite, c'est forte de cette expérience que je vous dis : « M. Ravier, si vous le voulez, ne vous donnera que cette tendresse-là. » Allons ! laissez-le vous faire du bien pendant qu'il vous aime. Cela ne durera pas toujours.

CHRISTINE

Quoi ! Déjà ! Après s'être ainsi entiché ! Il serait capable de cela !

MADEMOISELLE ANDRIOT

M. Ravier est un homme intelligent et charmant, et les gens intelligents et charmants sont toujours capables de tout.

CHRISTINE

Suis-je donc si laide ? Et ne vaudrai-je plus d'être aimée dans six mois ?

MADEMOISELLE ANDRIOT

Il n'est pas question de cela. Mon Dieu ! quelle vivacité ! Je veux dire que M. Ravier n'est pas homme à s'éterniser.

CHRISTINE

Un vieux célibataire coureur !

MADEMOISELLE ANDRIOT

Comment, célibataire ! Il a été marié une dizaine d'années, et a deux enfants !

CHRISTINE

Oui, mais, maintenant, il mène une vie de célibataire. Il aurait pu se remarier.

MADEMOISELLE ANDRIOT

Mademoiselle, vous avez des principes, et je vous en félicite. Mais vous ne les rendez pas aimables.

CHRISTINE

De quel droit M. Ravier veut-il me commander ? Je ne suis pas son employée.

MADEMOISELLE ANDRIOT

Vous commander ?

CHRISTINE

Parce qu'il m'aime, il faudrait que je l'aime. Et, s'il y avait trois ou quatre hommes qui m'aimaient, je devrais donc les aimer tous les trois ou quatre ?

MADEMOISELLE ANDRIOT

En somme, je vois bien à présent ce que vous êtes. Vous êtes une obsédée.

CHRISTINE

Moi !

MADEMOISELLE ANDRIOT

Oui, vous ne pensez qu'à votre vertu. C'est une obsession.

CHRISTINE

Une obsédée ! Et vous, qu'est-ce que vous êtes ?

MADEMOISELLE ANDRIOT

Moi, je suis une paysanne : fille, petite-fille de paysans. Santé. Équilibre. Sécurité. Bonne humeur.

CHRISTINE

Une petite pomme d'api.

MADEMOISELLE ANDRIOT

Une brave pomme d'api, toute simplette et toute ronde. Une femme sans complexes et sans problèmes. Les problèmes, c'est une question d'intelligence. Les gens intelligents n'ont pas de problèmes.

CHRISTINE

C'est lourd, vous savez, un amour qu'on n'a pas demandé. On n'a rien fait pour cela, et cela peut vous empoisonner la vie. Cet amour toujours à la même place, et dont la constance exaspère. Ces yeux qui voudraient n'être pas implorants, et qui le sont... Le regard d'un homme qui vous aime, sans cesse posé sur vous, c'est quelque chose d'horrible.

MADEMOISELLE ANDRIOT

Le regard d'un homme qui ne vous aime pas est lui aussi quelque chose d'horrible.

CHRISTINE

Cette attente, cette sollicitude, cette obstination à vous relancer... Comment garder son sang-froid ? Comment n'en être pas irritée ?

MADEMOISELLE ANDRIOT

Je vois, vous devez appartenir à cette race d'êtres qui ne sont méchants qu'avec ceux qui les aiment. Oh ! c'est une race que je connais bien. Quelqu'un qu'on n'aime pas et qui vous aime, quelle tentation, n'est-ce pas ? de le faire souffrir ! Il faut croire qu'il y a là un attrait irrésistible. Tenez, une femme qu'ils ne désirent pas, quelle aubaine pour les hommes ! Ils se vengent sur elle des autres. Mais savez-vous qu'une femme qui aime un homme peut devenir folle, s'il ne l'aime pas ? — Il vous a parlé de sa vie privée ?

CHRISTINE

Non.

MADEMOISELLE ANDRIOT

Et vous n'en avez rien deviné ? rien découvert ? Dans les hommes il y a toujours, de temps en temps, une fissure.

CHRISTINE

Mettre l'œil à la fissure ? Je ne suis pas une concierge.

MADEMOISELLE ANDRIOT

Il ne s'agit pas de cela. Il s'agit d'avoir, ou non, le goût des âmes humaines. Cela ne vous intéresse pas, par exemple, de savoir comment il peut être avec ses maîtresses ?

CHRISTINE

Pas du tout.

MADEMOISELLE ANDRIOT

Dites-moi, il ne vous a jamais écrit ?

CHRISTINE

Non. Je lui ai dit qu'il ne fallait pas m'écrire.

MADEMOISELLE ANDRIOT

Vous connaissez du moins son écriture ?

CHRISTINE

Non.

MADEMOISELLE ANDRIOT

Oh ! vous perdez beaucoup.

CHRISTINE

Vous êtes peut-être graphologue ?

MADEMOISELLE ANDRIOT

Non, non. J'étudie seulement certaines écritures. Celle de M. Ravier est passionnante. *(Mystérieuse.)* Il s'y trahit !

CHRISTINE

Qu'est-ce qu'on y voit ?

MADEMOISELLE ANDRIOT

Toute sa vie secrète. Tout ! tout ! on sait tout ! Je vais vous dire quelque chose. *(A l'oreille.)* C'est sûrement un refoulé.

CHRISTINE

Un refoulé ? Oh ! bien, il n'a pas l'air de ça.

MADEMOISELLE ANDRIOT

Mais justement, c'est la preuve ! Quand on a comme lui des flottes de femmes, ce n'est pas clair. *(Se rapprochant de Christine.)* Je suppose qu'avec lui vous avez feint d'abord de ne pas comprendre. Ensuite de mépriser. Quand il avançait un peu sa chaise, reculiez-vous vivement la vôtre, comme s'il avait la peste ?

CHRISTINE

M. Ravier ne m'a jamais manqué de respect.

MADEMOISELLE ANDRIOT

Oui, oui... Il vous tient quand même un peu la main, cela est de jeu ? Il se penche pour regarder vos dessins, et sa tête frôle la vôtre ? Vous voyez vaincu et défait ce visage pour tous si lointain, si fermé, si dur souvent... un visage de lui qui n'est qu'à vous seule, et que cependant, paraît-il, vous trouvez vieux et peu agréable... Peu agréable! C'est la connaissance du monde qui a imprimé ces rides, et qui leur donne leur beauté de secrets et d'aveux. J'ai vu en photos Clemenceau, Foch, Barrès quand ils avaient vingt-cinq ans : des têtes de serins! A soixante ou soixante-quinze ans, ils avaient des masques magnifiques. Mais Foch, Barrès, connaissez-vous seulement ces noms? Vous ne savez rien, vous ne sentez rien... Pardonnez-moi, je ne suis pas polie. Mais c'est si triste, ces êtres qui sont sans cesse à se poursuivre les uns les autres, et à ne se rattraper jamais, comme les chevaux de bois des manèges forains. Pendant que vous dédaignez M. Ravier, il y a sûrement des femmes qu'il dédaigne, aussi à tort que c'est à tort que vous le dédaignez. Mon Dieu! est-ce donc si dur de supporter d'être aimé? Il paraît que dans l'ancien Japon quiconque ne rendait pas amour pour amour était tenu pour possédé d'un démon... M. Ravier aime qui ne l'aime pas, et sans doute n'aime pas qui l'aime, comme vous vous ne l'aimez pas, lui qui vous aime, et peut-être aimez quelqu'un qui ne vous aime pas.

CHRISTINE

Moi, Madame, aimer quelqu'un! Je vous affirme que je n'ai de sentiment pour personne. Pour personne. Il est probable que cela viendra un jour : je sais bien que je suis condamnée. Mais, en ce moment, il n'en est pas question.

MADEMOISELLE ANDRIOT

Je vous crois. Votre accent est celui de la vérité. Quand même, « condamnée »! Condamnée parce qu'un jour on aimera ! Vous avez eu une éducation religieuse ?

CHRISTINE

Oh ! vaguement. Et cela est loin. Mais j'ai été dans les Guides de France.

MADEMOISELLE ANDRIOT

Les Guides ?...

CHRISTINE

Il y a deux ans encore, j'étais cheftaine. Cheftaine de la troupe Charles de Foucauld. Enfin... j'étais sous-cheftaine.

MADEMOISELLE ANDRIOT

Vous avez dit cela à M. Ravier ?

CHRISTINE

Pensez-vous !

MADEMOISELLE ANDRIOT

Vous auriez dû. Je suis sûre que ça l'aurait intéressé beaucoup.

CHRISTINE

Ce que je voudrais, c'est savoir pourquoi vous me poussez tant vers M. Ravier.

MADEMOISELLE ANDRIOT

Il est pénible de vous voir manquer d'instinct sur votre intérêt. Quels regrets vous vous préparez !

CHRISTINE

Je sais que les Français n'apprécient pas la dignité chez les femmes.

MADEMOISELLE ANDRIOT

Voilà le duché de Lorraine qui reparaît.

CHRISTINE

Dites plutôt que je n'ai pas la morale des milieux où l'on a de l'argent.

MADEMOISELLE ANDRIOT

Vous vous trompez sur votre intérêt. Vous vous trompez aussi dans votre morale. Vous vous croyez admirable, alors que votre attitude a quelque chose d'assez vil.

CHRISTINE

Vil !

MADEMOISELLE ANDRIOT

Je suppose qu'on vous a appris, pourtant, aux Guides de France, la gentillesse et le devoir, le devoir cardinal, de faire plaisir aux autres. En outre, vous vous trompez même touchant les convenances. C'est très joli, de n'avoir pas de vanité. Mais il est des cas où cela peut devenir un véritable manque d'éducation. Hein, pensez, ma petite, une petite comme vous, refuser M. Ravier ! c'est monstrueux. Dans toute ma vie, déjà longue, je n'ai jamais rien vu de semblable.

CHRISTINE

Avouez que c'est un étrange langage que le vôtre, Madame.

MADEMOISELLE ANDRIOT

C'est le langage de l'intelligence.

CHRISTINE

L'intelligence, chez vous, est un peu cynique.

MADEMOISELLE ANDRIOT

La fréquentation des grandes œuvres de l'art rend toujours un peu cynique.

CHRISTINE

Pourquoi ?

MADEMOISELLE ANDRIOT

Parce qu'on se dit qu'il n'y a qu'elles d'important.

CHRISTINE

Ainsi donc je devrai me repentir éternellement de ne m'être pas prostituée.

MADEMOISELLE ANDRIOT

M. Ravier ne pardonne guère aux gens qui ont manqué le coche. Il aime l'intelligence.

CHRISTINE

Vous semblez avoir une grande expérience de lui.

MADEMOISELLE ANDRIOT

Nous nous connaissons depuis sept ans.

CHRISTINE

Il y a, m'avez-vous dit, des femmes qu'il dédaigne...

MADEMOISELLE ANDRIOT

Oh ! moi, vous savez, j'ai dit cela comme ça !

CHRISTINE

Ah ! bon.

MADEMOISELLE ANDRIOT

Si j'ai une expérience personnelle de lui, sachez, ma petite, que ce n'est certes pas celle d'un homme qui dédaigne. Je n'ai pas de confidences à vous faire, mais...

Ravier entre. Mlle Andriot sort, après avoir dit au revoir à Christine.

SCÈNE V

RAVIER, CHRISTINE

CHRISTINE

J'ai entendu votre Mlle Andriot. Cette vieille fille dégoûtée et égrillarde, avec toujours une polissonnerie dans sa poche pour se faire peur avec, pouah ! Mais elle a très bien récité sa leçon.

RAVIER

Voudriez-vous mesurer un peu vos paroles, mademoiselle Villancy. Mlle Andriot n'est pas seulement une vieille amie, d'un dévouement sûr. Elle a une magnifique culture artistique, et une magnifique sensibilité de femme : ce sont deux vertus que vous devriez respecter, vous n'en êtes pas pourvue à l'excès. Elle est en outre une femme d'esprit, et un homme ou une femme d'esprit, dans la France d'aujourd'hui, c'est une perle dans le fumier. Avec Mlle Andriot je parle toujours un ton au-dessus de moi-même. Avec vous, toujours un ton au-dessous.

CHRISTINE

Mlle Andriot m'a dit vos grandes qualités. Je n'en avais jamais douté, puisque vous êtes chevalier de la Légion d'honneur.

RAVIER

Je vois que vous arrivez ici bien décidée à être insolente. Vous venez en demandeur, puisque vous désirez que j'achète vos dessins. Mais vous voulez aussi être insolente. Demandeur et insolent à la fois, cela fait « jeune », n'est-ce pas ? Mais insolence fondée sur quoi ? Sur le sentiment que vous avez de votre sagesse. Je serais émerveillé par votre sagesse, si elle était autre chose que la sagesse de l'ignorance, du préjugé, et du manque de tempérament.

CHRISTINE

Avouez que cela vous amuse, de trouver une femme qui vous résiste.

RAVIER

Avouez que cela vous amuse, de faire joujou à être cette femme.

CHRISTINE

Non, cela ne m'amuse pas du tout : je suis seulement ainsi.

RAVIER

Vous mettez du rouge : c'est donc que vous cherchez à plaire. Comment accordez-vous cela avec la sagesse ?

CHRISTINE

Je mets du rouge parce que toutes les femmes en mettent.

RAVIER

Triste réponse.

CHRISTINE

A une triste question.

RAVIER

Et du rouge aussi aux ongles. Je me demande vraiment pourquoi on a les ongles rouges, si on ne se donne pas.

CHRISTINE

Monsieur Ravier, puis-je être tout à fait franche avec vous ?

RAVIER

Essayez toujours.

CHRISTINE

Mais ensuite vous me le reprocherez.

RAVIER

Vous avez si envie de l'être que vous êtes incapable d'y résister. Allons, soyez mal élevée tout votre saoul.

CHRISTINE

Vous trouvez que je suis mal élevée ?

RAVIER

Vous êtes propre. Vous êtes désintéressée. Vous êtes indépendante. Vos vertus sont exceptionnelles et immenses. Mais vous êtes mal élevée.

CHRISTINE

En quoi suis-je mal élevée ? En ne devenant pas votre maîtresse ?

RAVIER

Vous êtes mal élevée en faisant l'enfant terrible. Et c'est si facile, de faire l'enfant terrible. Profiter du fait que l'on soit aimé ; sous le couvert hypocrite de la taquinerie, débagouler impunément aux gens qui vous aiment tout ce qui peut les vexer ou leur faire de la peine : en vérité, quels exploits !

CHRISTINE

Eh bien ! je ferai quand même l'enfant terrible. Voici : ce qui me froisse en vous, c'est votre vulgarité.

RAVIER

Il y a quelque chose de diabolique à ce que je supporte ainsi vos mépris.

CHRISTINE

Je m'explique : la vulgarité de croire que c'est une obligation pour un homme d'avoir « pris » au moins une fois chacune des femmes qui l'approchent.

RAVIER, *posant la main sur la hanche de Christine.*

Je pose ma main sur votre hanche, et je vous sens respirer, comme si je sentais respirer la création. Cela est-il vulgaire ?

CHRISTINE, *posément, mais sans insolence, regardant la main de Ravier.*

Vous avez fini ?

RAVIER

Oui.

Il retire sa main.

CHRISTINE

Vous êtes content ?

RAVIER

Je ne vous trouve pas jolie ; vous ne me plaisez pas ; aucun de vos traits ne me plaît. Mais je vous aime.

CHRISTINE

Singulière déclaration.

RAVIER

Vous qui aimez si peu, vous…

CHRISTINE

Pourquoi « vous qui aimez si peu » ? Qu'en savez-vous ? Vous croyez que j'aime peu, parce que je ne me jette pas à votre cou. Mais j'aime profondément mes parents, j'ai beaucoup d'affection pour mon frère...

RAVIER

Moi aussi, il y a une dame qui me dénie toute faculté de tendresse, parce que je n'ai nulle tendresse pour elle. Et il y a aussi des femmes qui me demandent : « Vous avez des ennuis ? » tel jour où elles me voient la mine maussade, mais j'ai la mine maussade simplement parce que je m'embête avec elles. Des ennuis ? Non, ce sont elles qui m'ennuient. — Quoi qu'il en soit, il reste bien vrai que vous m'aimez peu, et que, si vulgarité il y a, c'est cela qui m'y a forcé. Je vous l'ai dit souvent : votre amitié m'aurait suffi. Vous croyez que vous êtes belle ? Vous êtes comme les autres. Et puis, de ce côté-là, j'ai tout ce qu'il me faut. Coucher est très bien : c'est la clef qui ouvre un être. Ne pas coucher est bien également : c'est plus raffiné ; et toujours prendre sur soi, c'est une école. Mais je n'ai plus à choisir : vous avez choisi pour moi. Vous m'avez refusé l'amitié. Je n'ai d'issue que le désir. D'ailleurs, n'importe quel homme à ma place, même ne vous désirant pas, vous aurait déjà mise sur ce canapé.

CHRISTINE

Essayez un peu, vous serez bien reçu !

RAVIER

Non, je n'essaierai pas. Je ne le ferais que par désespoir. Les baisers que je vous donnerais contre votre goût tomberaient comme des choses tuées, ou comme des ventouses qui se détachent.

CHRISTINE

Ne faites pas le délicat. Si je n'étais pas ce que je suis, il y a longtemps que vous auriez abusé de moi.

RAVIER

« Abusé de moi » ! Est-ce que nous sommes à la Police Judiciaire ? Et : « Si je n'étais pas ce que je suis » ! Ce que vous êtes ? Vous êtes une petite punaise prétentieuse. Mais attention ! Dans cinq ans, quand vous serez une ratée, et qui commencera de se flétrir, déjà déflorée je ne sais combien de fois, vous viendrez vous jeter à mes pieds. Ne vous flattez pas qu'alors je vous accepte. Quand on veut faire plaisir aux gens, il faut le faire tout de suite. *(Il se lève.)* Allez, je vous laisse vous reposer de moi.

SCÈNE VI

RAVIER, MADEMOISELLE ANDRIOT

RAVIER

J'ai dit tous les mots qu'il fallait dire pour la perdre à jamais. Je le savais en les disant, et je continuais.

MADEMOISELLE ANDRIOT

Écoutez-moi.

RAVIER

Laissez-moi trembler.

MADEMOISELLE ANDRIOT

D'abord, je cherche ce que cette petite fille peut avoir en elle pour vous attirer.

RAVIER

Ne cherchez pas. Elle n'a rien.

MADEMOISELLE ANDRIOT

Elle n'est pas si jolie que ça.

RAVIER

Tant mieux. C'est comme cela que je peux la regarder sans avoir trop mal.

MADEMOISELLE ANDRIOT

Ensuite, elle est braquée aujourd'hui, mais demain... Vous m'écoutez ?

RAVIER

Je tremble et j'écoute.

MADEMOISELLE ANDRIOT

Demain, il vous sera facile...

RAVIER

Pas de demain pour moi. C'est maintenant ou jamais.

MADEMOISELLE ANDRIOT

Une bataille perdue, ça se regagne.

RAVIER

Une journée perdue, ça ne se regagne pas.

MADEMOISELLE ANDRIOT

Le *non* des jeunes filles est une porte pourrie.

RAVIER

Je n'enfonce plus les portes, même pourries.

MADEMOISELLE ANDRIOT

Elle a reconnu que vous ne lui aviez jamais manqué de respect.

RAVIER

Manqué de respect !... Ces formules abominables ! C'est quand un homme désire une femme, qu'il la respecte. D'où lui viennent ces absurdes principes ? Qui a versé dans son sang ce poison de l'innocence ? Il doit y avoir chez elle une hérédité horrible... Pourtant, j'ai vu la photo de sa mère. C'est une prédestinée. Il n'y a qu'à la regarder pour voir que son unique fonction sur la terre est de voir lever sa fille. Eh bien oui ! je la prendrai de force. Elle, si bien coiffée, ses cheveux que je verrai un jour tout dépeignés et éparpillés autour de sa tête comme des reptiles... La vierge lorraine ! Je lui foutrai un gosse de force

MADEMOISELLE ANDRIOT

Comme la grossièreté vous va bien !

RAVIER

J'en ai plein le dos des filles fières. La fierté, parfait, mais pas quand on me l'oppose.

MADEMOISELLE ANDRIOT

C'est drôle, elle m'a appelée *Madame,* alors que les inconnus m'appellent toujours, je ne sais pourquoi, *Mademoiselle.*

RAVIER

Vous voyez qu'elle a de bons côtés.

MADEMOISELLE ANDRIOT

Croyez-vous au moins que j'aie fait tout ce que je pouvais pour la convaincre ?

RAVIER

Je le crois. Merci. Vous êtes une femme extraordinaire.

MADEMOISELLE ANDRIOT

Non, mais un jour, à propos de Christine...

RAVIER

Ah !

MADEMOISELLE ANDRIOT

Quoi ?

RAVIER

C'est un petit coup de stylet que vous m'avez donné en prononçant son nom. Ce nom glacé et aigu comme une stalactite. Et avec le Christ dedans, encore ! Ô nom prononcé dans mes rêves !

MADEMOISELLE ANDRIOT

Un jour, le jour de mon évanouissement, vous m'avez dit : « Parmi les choses étranges qui naissent en l'homme, il y a aussi, quelquefois, l'honnêteté. »

RAVIER

Je vous crois. Je crois que vous avez fait l'impossible. Quand même — et malgré la gêne que vous m'avez causée tout à l'heure, — quand même, c'est une bonne chose, rentrer du monde de ceux qui ne vous aiment pas dans le monde de ceux qui vous aiment !

MADEMOISELLE ANDRIOT

Je vous ai causé une gêne tout à l'heure ?

RAVIER

Oui, sans nul doute. Ce que vous m'avez avoué, je n'en ai pas souri, comme peut-être l'auraient fait d'autres hommes. Je le constate, hélas, je le respecte, et je le déplore.

MADEMOISELLE ANDRIOT

De quoi parlez-vous ?

RAVIER

Eh bien ! de ce sentiment que vous m'avez avoué...

MADEMOISELLE ANDRIOT

Moi, je vous ai avoué un sentiment ? Où avez-vous pris cela ?

RAVIER

Il me semblait...

MADEMOISELLE ANDRIOT

Alors, vous croyez que j'ai envie de coucher avec vous ?

RAVIER

Il n'est pas question de cela.

MADEMOISELLE ANDRIOT

Par quel geste, quel mot, quel regard, quelle intonation, quelle allusion fût-ce la plus lointaine, quel aveu fût-ce le plus détourné, ai-je pu vous donner lieu de penser que les sens avaient leur part dans l'amitié que je vous porte ?

RAVIER

Je n'ai jamais dit...

MADEMOISELLE ANDRIOT

Ainsi, vous croyez que je vous aime ? Ne serai-je donc jamais en paix avec vous ? Ne réussirai-je jamais à dissiper le malentendu qui vous empêche de me supporter ? Le sentiment que je vous aurais avoué... A qui parlez-vous en ce moment ? Vous parlez à une autre que moi. Votre fatuité vous aveugle et vous égare. — Et ne vous aveugle pas seulement sur moi. Il ne vous est donc jamais venu à l'esprit que cette petite pouvait en aimer un autre ?

RAVIER

Qui vous fait croire cela ?

MADEMOISELLE ANDRIOT

Rien ne me le fait croire. C'est une simple supposition.

RAVIER

Vous jetez en moi une semence empoisonnée. A la rigueur je la supportais pure. Mais l'imaginer coupable ! Dites-moi, dites-moi que rien ne vous permet... Mais non, vous avez percé quelque chose, elle vous a avoué quelque chose. Quoi ! lié par mon scrupule de chasteté stupide, je devrais imaginer ses amours avec un autre, elle vous en parlerait peut-être ; je respirerais ce fumet, oh ! Dieu ! Ah ! si le désir pouvait disparaître de ce monde, pour qu'elle ne soit pas menacée !

ACTE III

Même décor.

SCÈNE PREMIÈRE

RAVIER, MADEMOISELLE ANDRIOT

RAVIER

Le sommeil ! Le sommeil ! M'abîmer dans les somnifères, pour ne souffrir plus ! N'avoir plus que quelques heures de conscience par jour ! Mais j'ai perdu en une fois le sommeil à jamais. Perdu comme tout est perdu : ce que je suis, ce que j'ai fait, et ce que je possède.

MADEMOISELLE ANDRIOT

Moi, la nuit dernière, j'ai entendu chanter jusqu'à je ne sais quelle heure un rossignol, dans le jardin de mes voisins. Si j'avais pu, je l'aurais étranglé. Comme j'ai toujours un bouquet sur ma table pour y enfoncer mon visage quand j'ai trop de peine, je me suis contentée de fourrer les fleurs fraîches dans ma corbeille à papiers. Elles y agonisent et y agoniseront sans fin, je l'espère.

RAVIER

L'été lui aussi est triste. Cette chaleur étouffante et interminable met à bout ce qui était déjà accablé.

MADEMOISELLE ANDRIOT

Voyez ces nuages. Les journaux annoncent un changement de temps.

RAVIER

Il ne pleuvra plus jamais, plus jamais, plus jamais.

MADEMOISELLE ANDRIOT

Et il y a des idiots qui osent parler de la tristesse des sens, quand il y a la tristesse du cœur. Mais j'ai pensé à quelque chose. N'y aurait-il pas de sa part un manège de coquetterie ?

RAVIER

Dans la coquetterie il y a de l'appel. Chez elle il n'y en a jamais. Pensez donc, une vraie jeune fille ! Voilà cinq semaines qu'elle est encore disparue, replongée dans la mer. Non ! non ! je ne peux plus attendre ! Il y a dix-huit ans qu'elle vit : j'ai dix-huit ans de retard à rattraper. — C'est par pitié que vous me parlez de coquetterie : pour me donner de l'espoir. Merci, mais je n'y crois pas. Et cependant je vous dis : continuez à avoir pitié de moi. Il y a des moments où, pour la première fois de ma vie, je ne repousse pas l'idée d'en finir, de cesser d'être...

MADEMOISELLE ANDRIOT

Vous êtes fou ! On ne se tue pas pour les vraies jeunes filles.

RAVIER

Je ne souhaite pas à mon pire ennemi d'aimer comme je l'aime.

MADEMOISELLE ANDRIOT

Un peu d'énergie, mon ami. J'ai toujours senti qu'il n'y avait aucun pont, aucun langage commun, rien de commun entre un être qui ne souffrait pas et moi : les êtres qui ne souffrent pas sont pour moi des fantômes. Vous étiez la seule exception. Mais, maintenant que vous souffrez, je suis gênée que ce soit à cause d'une femme.

RAVIER

Croyez que plus d'une fois j'ai été tenté de l'envoyer par-dessus bord. Et chaque fois je me suis retenu en me disant que si l'on fait confiance à la nature humaine, si vite, dans un indifférent, quelle monstruosité ce serait de ne pas lui faire confiance dans ce qu'on aime ! Mais je suis à bout, à bout de faire confiance. Je vous répète : ayez pitié de moi. La façon dont je tiens à elle me fait mal. Sans cesse les larmes me viennent aux yeux. Entraînez-moi dans quelque chose qui ne soit pas elle.

MADEMOISELLE ANDRIOT, *désignant les œuvres d'art, dans la pièce.*

Que cette beauté des œuvres d'art, fixée une fois pour toutes, et si admirable, la remette à sa toute petite place.

RAVIER

Allons ! je ne peux plus rien supporter qui ne soit elle, voilà ce qu'il faut dire. *(Désignant sa table de travail.)* A quoi me sert tout mon travail ? Quel est le sens de tout cela ? Tout cela, qui m'a suffi pendant trente-cinq ans, à présent ne sert qu'à me rappeler que cela ne me suffit plus. La rue, le soleil, les arbres n'ont d'existence pour moi que parce que dans le même temps ils existent pour elle. Mais toute mon œuvre, tout ce que je fais depuis trente-cinq ans n'a plus de sens, parce qu'elle ne l'aime pas, parce qu'elle ne m'en aime pas. Alors que ma vie serait largement comblée à m'occuper d'elle, et à l'aimer. Bien plus, c'est mon travail qui m'a flétri et usé, qui a rendu mon visage ce qu'il est, ce je ne sais quoi que bientôt je devrais pouvoir couvrir avec un masque, comme au carnaval. J'accuse ce téléphone. J'accuse cet agenda tout noirci d'inutile. J'accuse ces dossiers et chacun des feuillets de ces dossiers. Je les balaie, comme elle a tout balayé en moi. *(D'un geste posé, très tranquille, des deux bras qui s'écartent, il balaie tous les papiers qui se trouvent sur la table, qui tombent sur le plancher.)* Et mon argent, que voulez-vous que j'en fasse ? Un jour je prendrai mes lingots d'or et, la nuit tombée, j'irai les jeter dans la Seine. *(Mlle Andriot se baisse pour ramasser les papiers.)* Pas de gestes de servante, je vous prie. Je mets mon pied sur votre main si vous ramassez ces papiers.

D'ailleurs, c'en est fini de mon travail ; à jamais je suis incapable de travailler. *(Il se laisse tomber, étendu, sur le canapé.)* J'ai supporté d'elle ce que, depuis vingt ans, je n'ai supporté de personne. Elle, elle sait ce que je peux arriver à supporter, quand je veux. Mais je n'en peux plus.

MADEMOISELLE ANDRIOT

Comme l'homme sait mal souffrir ! Un enfant qui se lamente sans décence. Si c'était moi qui me lamentais ainsi ! Mais moi, en sept ans, pas un seul mouvement d'abandon n'a été toléré... — Vous changez de visage. Ceci, n'est-ce pas ? est la zone interdite. De quel droit est-ce que je me permets ?... est-ce que j'outrepasse ?... Toujours la fiction qu'il n'y a rien eu. Cette fiction doit demeurer, parce que vous avez besoin de moi. Comme on feint de n'avoir pas entendu la réponse insolente d'une secrétaire, parce qu'on veut la garder quoi qu'il arrive. Mes connaissances, ma mémoire, mon activité, peut-être mon goût artistique, vous sont utiles dans votre profession. Pourquoi n'avoir pas voulu que je ramasse vos papiers ? Puisque je suis votre servante, votre servante et rien de plus. *Ancilla Domini.*

RAVIER

Quelle est cette extravagance ? Tout ce féminin qui remonte en vous...

MADEMOISELLE ANDRIOT

Et qui donc, jamais, fut plus femme que moi ? Et pourquoi me serait-il interdit de l'être ? Eh bien, si, avec vous, cela m'est interdit. Les besognes, parfait ; au-delà, interdit. Tu n'iras pas plus loin ! Une démarcation féroce, férocement maintenue. L'être humain le plus sensible que vous ayez rencontré en toute votre vie, une amitié qui est descendue jusqu'au tréfonds de la tristesse et de l'acceptation de cette tristesse, rien de cela n'a droit à l'existence — et quelle existence ! silencieuse, apeurée, resserrée, diminuée — qu'à la condition de ne se manifester à aucun prix. Et pourtant, sachez-le, jamais l'élan qui me poussait vers vous n'aurait pris la moindre teinte de passion si vous l'aviez laissé suivre son cours naturel. Mais, à toute force, il vous fallait me tourmenter.

RAVIER

Il y a tout un monde à qui je parle le langage de la passion. Puis tout un monde à qui je ne le parle pas. Ce monde à qui je ne le parle pas, c'est le vôtre.

MADEMOISELLE ANDRIOT

Oui, c'est cela. Hors d'ici ! Hors du monde ! Votre voix glaciale ! Je suis comme la femme de ménage qui, ses heures de travail finies, voudrait parler avec vous, cinq minutes, d'une façon humaine, cesser pendant cinq minutes d'être une bête, parler de son homme, de ses petits, mais vite on la met à la porte, car cela, c'est vous faire perdre votre temps, et, si on fait venir une femme de ménage, c'est pour vous gagner du temps ; autrement, il n'y a qu'à faire son ménage soi-même. Voilà comment vous m'avez traitée. Pendant sept ans.

RAVIER

J'ai fait l'impossible pour que nous ne soyons pas ridicules.

MADEMOISELLE ANDRIOT

Oui, et c'est toujours quand l'homme cherche à n'être pas ridicule, qu'il le devient.

RAVIER

Arrêtez-vous avant l'irréparable.

MADEMOISELLE ANDRIOT

Il n'y aura pas d'irréparable. Ou vous me garderez, ou, si vous me rejetez — car il faut compter avec le bon plaisir du satrape, — vous reviendrez à moi. Puisque, je vous l'ai dit, vous avez besoin de mes services. Et ce n'est certes pas moi qui modifierai cette situation. J'aime vous servir. Je ne cesserai jamais d'être pour vous l'amie enjouée et libre d'esprit que vous avez toujours connue.

RAVIER

Enjouée ! Libre d'esprit ! Alors que vos reproches...

MADEMOISELLE ANDRIOT

Mes reproches ? Je vous ai reproché quelque chose ? Je ne vous reproche rien. Comment vous reprocherais-je de m'utiliser ? Si je n'y prenais pas plaisir, je ne l'accepterais pas. Non, soyez tranquille, vous qui cherchez à me faire rougir du sentiment que je vous porte, jamais vous ne trouverez en moi autre chose que le dévouement égal et sûr, dans le grand et dans le petit, — dans le terrible s'il le faut, dans le sordide s'il le faut. En ce moment, c'est cette fillette qui vous tracasse. N'ai-je pas fait ce que j'ai pu pour la rapprocher de vous ? Voulez-vous que je m'y remette ? Voulez-vous que j'aille la voir ? Que je parle à son oncle ? Voulez-vous que, tout de go, j'offre une certaine somme à son oncle ?

RAVIER

Quelle horreur ! Jamais.

MADEMOISELLE ANDRIOT

Tout à l'heure encore, est-ce que je n'essayais pas de vous rendre espoir, même au prix d'un mensonge, en feignant de croire qu'il y avait dans sa conduite de la coquetterie ?

RAVIER

Je ne sais plus bien où j'en suis avec vous... Vous embrouillez tout, vous entortillez tout. Ce que je vois de plus clair, c'est que, vous avez votre amitié, elle avec son inimitié, vous êtes réunies toutes deux mystérieusement pour me blesser... *(Sonnerie du téléphone.)* Allô ! — Elle ! Je ne veux pas la recevoir ainsi. Ah ! Comment cacher l'altération de ma voix et de mon visage ? Je ne veux pas qu'elle sache le pouvoir qu'elle a sur moi... Recevez-la, comme l'autre jour. Je viendrai dans un instant. *(Dans l'appareil.)* Qu'elle monte.

SCÈNE II

MADEMOISELLE ANDRIOT, *seule.*

MADEMOISELLE ANDRIOT

Petite peste ! Faire souffrir un homme, et un homme tel que lui ! Mais quels mots trouver pour convaincre une insensible et une sotte ? Pitié que tout cela !

SCÈNE III

MADEMOISELLE ANDRIOT, CHRISTINE

CHRISTINE

Ah ! Madame ! M. Ravier n'est pas là ?

MADEMOISELLE ANDRIOT

Si, il va venir.

CHRISTINE

Bientôt ? Ne pouvez-vous pas lui demander de venir vite ?

MADEMOISELLE ANDRIOT

Il sera là dans quelques instants. Mais qu'avez-vous ? Vous semblez bouleversée.

CHRISTINE

Ce qui m'arrive ! Les hontes vont vite. Et l'une entraîne l'autre.

MADEMOISELLE ANDRIOT

Qu'y a-t-il ?

CHRISTINE

C'est assez qu'il me faille le dire à M. Ravier. Que ce soit de lui précisément que j'aie besoin ! Lui de qui je ne voulais pas accepter un petit cadeau, et à qui je vais être obligée de demander un service... plus qu'un service... quelque chose qui nous sauverait, moi et une personne...

MADEMOISELLE ANDRIOT

Il fera l'impossible, ma petite. Et il n'abusera pas de cette situation, croyez-le.

CHRISTINE

Oh ! qu'il en abuse ou non ! Nous autres femmes, il faut toujours en arriver là : allez, j'ai compris maintenant. La petite chèvre de M. Seguin, qui s'est battue toute la nuit...

MADEMOISELLE ANDRIOT, *stridente et hystérique.*

Ainsi donc, changement à vue ! Dans cinq minutes, sur ce divan. Titre de tableau : *La Cheftaine au divan.*

Ou peut-être sur cette jonchée de papiers, à laquelle il ne voulait pas que je touche, comme s'il en prévoyait l'usage. Ah ! ah ! ah !

CHRISTINE

Épargnez-moi, Madame ! Épargnez-moi !

MADEMOISELLE ANDRIOT

Eh bien ! vous allez être l'esclave : c'est cela qu'il lui faut. Ce que, moi, je n'ai pas voulu être ! Avec un homme qui va vous répéter ce qu'il a répété à deux cents femmes, tous ses tours de vieux cabot dressé ! Un homme qui me disait de vous il y a trois semaines : « Que je couche avec elle et que ce soit fini ! Que je lui foute un gosse et que ce soit fini ! »

CHRISTINE

Ah !

MADEMOISELLE ANDRIOT

Vous allez trouver sur son épaule les fonds de teint de deux cents femmes. Vous pouvez dire que vous allez avoir le visage barbouillé ! *(Entre Ravier. A Ravier.)* Tenez, prenez : vous avez tout. Et même ces larmes jeunes que vous aimez.

SCÈNE IV

RAVIER, CHRISTINE

RAVIER

Qu'y a-t-il ? — Mon Dieu ! je vous vois pleurer !

CHRISTINE

Alors, c'est cela, votre amie sûre ? Si vous saviez !

RAVIER

Quoi ?

CHRISTINE

« Coucher avec elle et que ce soit fini. Lui foutre un gosse et que ce soit fini. »

RAVIER

Ah ! j'aurais dû m'en douter. Les plus dangereuses de toutes : celles qu'on ne prend pas dans ses bras.

CHRISTINE

Et je vais être votre esclave, et c'est cela qu'il vous faut...

RAVIER

Ne vous occupez pas de ce serpent. Je lui écraserai la tête quand je le voudrai. Moi aussi, j'ai sept ans de haine qui ont leur mot à dire.

CHRISTINE

Monsieur Ravier ! Jamais je n'aurais cru que je pourrais avoir la honte que j'ai.

RAVIER

Il ne peut y avoir de honte ni de vous à moi, ni de moi à vous.

CHRISTINE

Et dire que je tenais tant à n'avoir pas l'air pour vous d'une aventurière ! A quoi cela sert-il, d'être quelqu'un de propre ?

RAVIER

A rien.

CHRISTINE

Il faut que je vous dise tout de suite que mon père est un très honnête homme...

RAVIER

Il est arrêté ?

CHRISTINE

Écoutez-moi d'abord. Mon père a été sollicité par une banque qui lançait des actions d'une société nouvelle. Le banquier lui a promis une commission importante sur chacun des titres qu'il ferait acheter...

RAVIER

Bon. Eh bien, j'irai demain — avec vous, si vous le voulez — chez le Garde des Sceaux.

CHRISTINE

Mais vous ne connaissez pas la fin de l'histoire.

RAVIER

Si, je la connais. Votre père a fait prendre des actions. La société était une escroquerie. Les actionnaires ont porté plainte. Votre père est un parfait honnête homme, et sa bonne foi ne fait pas de doute. S'il a été trop crédule, c'est précisément parce qu'il est un honnête homme.

CHRISTINE

Quelqu'un vous a donc raconté...

RAVIER

Pensez-vous ! Mais tout cela est vieux comme le monde. C'est la sorte d'histoire qui arrive aux gens qui n'ont pas beaucoup d'argent. Votre père a été arrêté ?

CHRISTINE

Oui, ce matin.

RAVIER

On aurait pu le faire plus tôt.

CHRISTINE

Comment ! Monsieur, vous osez !

RAVIER

Vous ne me comprenez pas. Votre père ayant peu d'argent, on pouvait l'arrêter dès le premier soupçon, parce que la justice n'aime pas les gens sans argent. Allons donc demain chez le Garde des Sceaux.

CHRISTINE

Vous connaissez le Garde des Sceaux ?

RAVIER

Je connais tout le monde. Mais ici, précisons. Le chef de cabinet du Garde des Sceaux est mon beau-frère. Vous voyez que cela sert parfois à quelque chose, d'être divorcé. Je veux dire, d'avoir été marié.

CHRISTINE

Et vous croyez que... ?

RAVIER

Je vous promets que dans huit jours, si cette affaire est bien telle que vous me l'avez décrite, elle sera classée, ou votre père sera du moins en liberté provisoire.

CHRISTINE, *effondrée.*

Je vois que tout s'arrange quand on est quelqu'un d'important.

RAVIER

Eh oui. — Dieu merci. *(Au téléphone.)* Allô ! Monsieur Jean ? Vous allez téléphoner à M. Warnet, au ministère de la Justice, et demander un rendez-vous urgent, pour demain si possible.

CHRISTINE

Vous ne pouvez imaginer la honte que j'ai, et la gêne.

RAVIER

Vous n'avez jamais pris les choses avec simplicité.

CHRISTINE

Je vous remercie de toute mon âme.

RAVIER

Ne soyez pas emphatique.

CHRISTINE

Je ne sais que vous dire.

RAVIER

Ne me dites rien.

CHRISTINE

Je devine si bien ce que peut penser un homme dans le cas où je vous ai mis. Le sarcasme qu'il peut avoir. D'ailleurs, vous me l'aviez prédit : « Un jour vous viendrez vous jeter à mes pieds... »

RAVIER

Laissez donc cela ! — Mais pourquoi est-ce moi que vous êtes venue voir ? Parce que, de vos relations, je suis la plus influente ?

CHRISTINE

Non. Parce que je savais que vous m'aimez.

Un silence.
Puis, brusquement, on frappe.

MONSIEUR JEAN, *passant la tête.*

C'est M. Le Vadey.

RAVIER

Je suis occupé.

MONSIEUR JEAN

Il dit qu'il faut qu'il vous voie.

SCÈNE V

RAVIER, CHRISTINE, MONSIEUR LE VADEY,
MONSIEUR JEAN

MONSIEUR LE VADEY, *surexcité.*

Pardonnez-moi de forcer votre porte. *(Regardant vers Christine.)* Ah ! elle est encore là ! Je craignais d'arriver trop tard. *(Il prend Christine par la main, la fait lever.)* Vous permettez... Et je l'emmène !

RAVIER

Mais, Monsieur...

MONSIEUR LE VADEY

Oui, je sais tous les ennuis qu'elle me causera ; peut-être les regrets. Mais, qu'est-ce que vous voulez, j'en ai envie.

RAVIER

De quel...

MONSIEUR LE VADEY

Il y a assez longtemps que j'ai l'œil sur elle. Il fallait que cela finisse.

RAVIER

Enfin, m'expliquerez-vous...

MONSIEUR LE VADEY

Je vous répète que peu m'importe si je suis dupé. *(Il tripote la bergère sur laquelle Christine était assise.)* C'est faux, c'est faux à crier. Mais j'en ai envie.

RAVIER

Ah ! c'est la bergère ! Parfaitement, parfaitement.

MONSIEUR LE VADEY

Je suis venu l'autre semaine, voyons, vous vous souvenez bien ? Vous m'avez dit : « Je ne la garantis pas. » Évidemment, comment garantir ça ? Je la prends quand même.

RAVIER

Parfaitement, parfaitement.

MONSIEUR LE VADEY

J'aurai une pièce fausse parmi mes pièces vraies. Mais cela n'a aucune importance, puisque je le sais.

RAVIER

C'est une théorie.

MONSIEUR LE VADEY

Remarquez qu'elle ne me plaît pas. Ces bois rapportés, la grossièreté de l'attache, c'est affreux. Elle ne me plaît pas, mais elle me fait envie.

RAVIER

Vous me rappelez une petite amie à moi. Au restaurant, elle me disait : « La matelote, j'aime pas ça, mais j'en veux une. »

MONSIEUR LE VADEY

Tenez, par une journée chaude comme aujourd'hui, de la regarder seulement, je me sens rafraîchi.

RAVIER

Parfaitement, parfaitement.

MONSIEUR LE VADEY

C'est toujours 90 ?

RAVIER

Eh oui, hélas, toujours.

MONSIEUR LE VADEY

90 000 francs pour un meuble faux !

RAVIER

90 000 francs parce qu'il est probablement faux.

M. Le Vadey donne en vrac des liasses de billets à Ravier, qui les fourre dans sa poche.

MONSIEUR LE VADEY

Vous ne les comptez pas ?

RAVIER

Je n'ai pas l'habitude de compter les billets. Vous les avez comptés, vous ?

MONSIEUR LE VADEY

Oui, mais je me trompe toujours quand je compte des billets.

RAVIER

Le compte a toutes raisons d'être bon.

MONSIEUR LE VADEY, *retrouvant dans sa poche une liasse de billets, et la lui donnant*

Je vous volais de 10 000.

RAVIER

Oh ! moi, vous savez... Si vous voulez les garder...

MONSIEUR LE VADEY

Ah ! c'est que, en ce cas, le meuble doit être très, très faux.

RAVIER

Pas du tout. C'est l'antiquaire qui est très, très grand seigneur.

MONSIEUR LE VADEY

Bon. Je la prends tout de suite.

RAVIER

Je vous la ferai porter à sept heures.

MONSIEUR LE VADEY

Non, non, je la prends tout de suite. J'ai ma voiture.

RAVIER

Monsieur Jean, voulez-vous aider M. le Vadey à descendre la bergère...

Au revoir.

SCÈNE VI

RAVIER, CHRISTINE

RAVIER

Et voilà. Vous croyiez peut-être qu'il n'y avait que les médecins, les avocats et les littérateurs qui avaient leurs fous. Vous voyez que les antiquaires eux aussi sont servis. — Souriez un peu. Cette scène loufoque ne vous a pas amusée ?

CHRISTINE

Je ne l'ai guère suivie, et ne saurais dire au juste en quoi elle a consisté.

RAVIER

Et maintenant, vous aussi, comme la bergère fausse, il va falloir que vous me quittiez. Vous allez arranger un peu votre figure, et vous en aller d'ici.

CHRISTINE

Vous me mettez à la porte ?

RAVIER

Le but de votre visite est atteint.

CHRISTINE

Désormais vous me méprisez. Il ne s'agit plus de désirer me voir. Il s'agit de m'écarter.

RAVIER

Il s'agit d'écarter la tentation des choses faciles et moches.

CHRISTINE

Vous teniez pour une marque de mon animosité que jamais je ne vous eusse demandé un service. A présent je vous en ai demandé un. Soyons donc amis.

RAVIER

On y pensera.

CHRISTINE

Si vous mesuriez très exactement à quel point vous transfigurez une situation qui, il y a un quart d'heure encore, était un cauchemar, vous comprendriez que ce mot d'amitié...

Sonnerie du téléphone.

RAVIER, *dans le téléphone.*

Oui. Demain, six heures ? Parfait. Merci. *(A Christine.)* Demain, à six heures, vous viendrez avec moi au Ministère. *(Christine saisit vivement sa main, et la baise.)* Vous avez fait un geste que je n'aime pas. Une femme ne baise pas la main d'un homme. Non plus qu'elle ne ramasse ses papiers tombés à terre. *(D'instinct, Christine se baisse pour ramasser les papiers tombés qui sont à portée de sa main.)* Laissez cela. *(Un silence.)* Christine Villancy, vous m'avez dit un jour : « Puis-je être tout à fait franche avec vous ? » Je vous pose la même question : « Puis-je être tout à fait franc avec vous ? »

CHRISTINE

Oui.

RAVIER

Eh bien, voici. Vous êtes sur une mauvaise pente. Il ne faut pas faire les choses par gratitude : c'est très imprudent. Et puis, c'est pour le coup que vous pourriez me trouver vulgaire. Et ce serait à mon tour d'avoir honte.

CHRISTINE

Je ne vous comprends pas.

RAVIER

Vous me comprenez très bien. Malheur aux femmes qui se sont données pour la première fois sans amour.

CHRISTINE

Vous ne croyez pas que, lorsqu'un être vient de recevoir un grand bienfait d'un autre être, il soit naturel qu'il veuille le lui rendre par un mouvement du cœur ? Vous ne croyez pas que, lorsqu'un homme pouvait tirer auprès d'une femme certain parti d'une situation, et ne l'a pas fait, cette femme doive en être bouleversée ?

RAVIER

Vous prendre parce que j'ai dépanné votre père ! Si je vous prenais dans ce moment, ce serait comme si je prenais une femme en profitant de ce qu'elle est ivre morte. *(Il se lève.)* Allons, à demain six heures, au ministère de la Justice, place Vendôme. Rendez-vous dans l'antichambre du chef de cabinet du Ministre.

CHRISTINE

Je sors d'ici encore plus humiliée que je ne l'étais en entrant.

RAVIER

Pas du tout. Soyez simple.

Christine va vers la porte. Brusquement, Ravier la prend dans ses bras. En même temps, par la baie, on voit la pluie qui se met à tomber.

RAVIER

Mon enfant chérie ! J'efface tout ce que je viens de dire. Cela était vrai, mais le contraire est vrai aussi, et je choisis le contraire. Vous entendez ? C'est la pluie, c'est la douce pluie d'août ; tout se fond sous la pluie. J'aurai tenu votre tête, votre fière tête, votre pauvre tête... J'aurai senti une fois l'odeur de ta vie... Je t'embrasse, Christine Villancy. Rien n'est plus bas ni plus vulgaire que la façon dont je t'accepte, mais à peu près tout ce qui existe est d'origine impure. Cela naît dans la boue, et cela ne diffère guère de ce qui est né dans les étoiles — Presse ta main sur mon cœur ! Empêche qu'il n'éclate ! *(Comme poignardé.)* Ah !

CHRISTINE

Qu'avez-vous ?

RAVIER

Dans un instant tu seras à moi, et je souffre encore.

CHRISTINE

Souffrir ? Pourquoi ?

RAVIER

Je vois se lever des spectres, les spectres de tout ce que j'aurai à souffrir à cause de toi. Je vois à présent dans quoi j'entre, et j'en suis épouvanté. Toi qui ne pourras pas me dire *tu*...

CHRISTINE

Je vous le dirai.

RAVIER

Dis-le.

CHRISTINE

Je vous le dis.

RAVIER

Allons, tu te trahis, tu es fausse, comme la bergère. Tes yeux mentent, ton corps ment, toutes les papilles de ta peau mentent. Tu n'es pas à moi, tu ne me donnes rien, tout est faux dans ce que nous faisons en ce moment. Mais je dis comme le type : « Le meuble est faux, j'en aurai des ennuis. N'importe, je le prends, parce que je sais qu'il est faux, et que j'en ai envie. » Allons, les jeux sont faits : je serai ton amant ; je le suis. Malheureux sans toi, ou malheureux avec toi... Oh ! je comprends maintenant : tout vaut mieux que de ne t'avoir pas prise. Tu étais aimée innocente, tu seras adorée corrompue. C'est moi qui t'apprendrai cette caresse dont je te ferai mourir, et dont tu mourras en me bénissant. Tu diras : « Depuis dix-huit ans j'étais sur la terre, et personne ne m'avait appris ce qu'il y avait de meilleur en ce monde. Depuis dix-huit ans... Depuis dix-huit ans... »

Pendant qu'il dit ces paroles, le rideau tombe avec lenteur.

FIN

Paris, septembre-octobre 1949.

NOTES

Voici donc sur la scène, parmi les colonnes, les torses sculptés, et dans le vert antique, cette pièce qui pourrait être écrite en alexandrins, puisque les simples d'esprit font des vers aussitôt qu'ils sont amoureux.

Victor Francen a la stature et le port des héros tragiques. Sa bouche reste ouverte dans la douleur comme les bouches des masques grecs. Il voit ses spectres avec l'œil fixe d'Oreste. Quand il fuit, à la fin du second acte, quand pour se fuir il fuit on ne sait où — dans le décor ? dans la nature ? — il crève le cadre de la comédie bourgeoise. Il fuit pour rejoindre les ombres de Thésée et de Mithridate.

Gaby Morlay elle aussi sort de sa dimension quotidienne. L'Erinye n'est plus endormie sur la plaque de marbre du Capitole, mais évanouie sur le dossier d'une bergère. Comme ses pas deviennent grands, à cette femme petite, quand elle sort finalement, avec l'irritation convulsive des Furies ! Son cri et son enjambée sont ceux de la Marseillaise de Rude.

Hélène Vallier a l'âge d'Iphigénie. Elle pleure les larmes d'Iphigénie. Elle dit « oui », dans ses larmes, comme les plus petites filles des petites filles. Elle dit : « Parce que je savais que vous m'aimez », comme lui a dit de le dire l'auteur. (Écrit après la répétition des « couturières », 16 octobre 1950.)

Les journalistes traitent Ravier d' « obsédé », avec le plus grand dégoût. Comme si tout amoureux n'était pas un obsédé.

La passion qui s'illusionne peut être un spectacle effrayant. La passion dépouillée d'illusions — Ravier — est un spectacle plus effrayant encore.

Mlle Andriot n'a pas *réalisé*... Mariée depuis quarante ans, aurait-elle ces frémissements et ces cris ?

Ou seulement mariée pendant trois mois...

Quelle extrême indifférence, chez la plupart, touchant ce qui est l'essence de cette œuvre : l'amour de l'être pour l'être ! « Et moi qui sais qu'une seule chose est nécessaire, et qui sais laquelle : c'est d'aimer quelqu'un » (*Olympiques*, p. 305. Écrit en 1924).

« Unité de style ? » Connais pas. Il n'y a pas d'unité de style dans la vie.

La scène vaudevillesque de la bergère n'est pas seulement une éclaircie ; elle veut cerner, rehausser la position psychologique de Ravier quand il prendra Christine : « Elle ne me plaît pas, et je sais qu'elle est fausse. Mais j'en ai envie. » Au-delà, elle symbolise *in fine* ce mystère de la préférence, qui fait tout le tragique et tout le ridicule de l'amour ; pris dans ce mystère, Ravier, bourdon hagard, a tournoyé tout au long de la pièce. (Il faudrait trouver un autre mot que *ridicule ;* je veux dire que le sentiment dépasse l'objet. « Pourquoi est-ce toujours triste, en définitive, d'aimer quelqu'un ? » se demande Georges Carrion.)

Un cœur pur est celui qui ne voit pas « le mal ». Un esprit pur est celui qui ne voit pas — qui oublie — en considérant une œuvre, tout ce qu'il a lu ou entendu sur elle et sur son auteur, en bien et en mal. Cette pureté est des plus rares.

Ravier ne révèle ses sept années de « haine » contre Mlle Andriot que dans la dernière réplique de la pièce où il soit question d'elle. Quel sentiment le portait donc à la prendre pour confidente de son amour ?

Réponse :

I. Manque de tenue du mâle qui se confesse à n'importe qui, par égoïsme. Il se parle à soi-même ; l'autre n'existe pas.

2. Par moments, inconscience (spécifiquement masculine).

3. Par moments, conscience qu'il fait souffrir sa vieille amie, et indifférence à la faire souffrir.

4. Par moments, cette même conscience, et plaisir à la faire souffrir.

De quoi donc est fait, en définitive, le sentiment de Ravier pour Mlle Andriot, sa « haine » ? De sympathie, estime, aversion, agacement, dédain.

L'impudeur de l'homme qui se confesse, se lamente, demande pitié. La même chez Ravier et chez le Georges Carrion de *Demain il fera jour.*

Celle des personnages de la tragédie grecque. La même précisément. Naturels comme les animaux.

Il paraît que j'ai voulu, comme il fallait s'y attendre, que ce fût l'homme qui eût le dernier mot. Celui-là n'a pas le dernier mot, qui finalement voit dans l'avenir les spectres qui le persécuteront, par sa faute, et s'en dit « épouvanté » ; et pour qui, dans le présent même, la simplification de son amour en désir est déjà une défaite.

Psychanalyse Prisunic. — J'ai lu naguère que le roi Ferrante était amoureux d'Inès. Naguère aussi, qu'Alvaro était amoureux de sa fille. Je conserve précieusement, comme un témoignage sur l'époque, la lettre ignoble où une correspondante inconnue me raconte comment, elle et son fils de vingt ans, ils pouffèrent de rire quand ils virent, dans la scène finale, les mains du père et de sa fille bouger « de façon suspecte » sous le grand manteau de l'Ordre qui les recouvrait.

Je lis aujourd'hui que Christine serait un jeune garçon, transposé, comme l'Aziyadé de Loti. Pourquoi ? Parce que, « raidie au bord de l'abîme », elle se refuse. « Attitude peu féminine », explique-t-on.

Ce qui revient à dire que les jeunes garçons sont honnêtes, et les jeunes filles, non.

De grâce, pitié pour les femmes !

Que j'écrive en français exaspère nos critiques dramatiques. Et aussi, dès le rideau levé, qu'on voie un homme qui dit qu'il a beaucoup d'argent.

— N'auriez-vous pas dû donner cinquante, et non soixante ans à Mlle Andriot ?

Réponse :

1. Les deux modèles qui m'ont servi pour établir ce personnage « tournaient » autour de la soixantaine, et je me sens plus tranquille quand j'ai vu ce que je dépeins ; alors, on peut me dire ce qu'on veut...

2. Il est plus dramatique que la folie de Mlle Andriot, et aussi sa fraîcheur de cœur, soient sous une couronne de cheveux blancs.

— Vous êtes, Monsieur, « plus tranquille quand vous avez vu ce que vous nous dépeignez ». Avez-vous vu une jeune fille du caractère de Christine se donner par gratitude ?

— Non, Monsieur. Et c'est pourquoi j'ai consulté là-dessus plusieurs dames et demoiselles. Elles m'ont dit : « Oui, cela est vraisemblable. » Une d'elles a expliqué : « Elle est cheftaine. Elle fait sa B. A. »

Christine, d'ailleurs, laissait percer sa féminité, sinon sa coquetterie, par les répliques où elle s'indigne à la pensée que Ravier, un jour, se désentichera d'elle. Peut-être eût-il fallu, aussi, insister sur son amour pour son père. Mais il est risqué, aujourd'hui, de montrer trop, sur une scène, l'amour d'une fille pour son père.

— Pourquoi, Monsieur, Christine revient-elle régulièrement chez Ravier, puisqu'elle le trouve si inquiétant, et qu'elle est si braquée contre lui ?

— Parce qu'elle n'a pas le sou, et qu'il lui achète toujours ses dessins. On voit que vous avez beaucoup de sous, Monsieur.

Mais il est possible que Christine, *aussi,* et plus mystérieusement, revienne toujours vers Ravier, parce que « toutes les femmes tournent avec obstination autour de ce qui doit les brûler » (Ferrante). De cela, il faudrait rapprocher sa vive réaction que je viens de dire : « Quoi ! Déjà ! Après s'être ainsi entiché ! Il serait capable de cela ! Suis-je donc si laide ? Et ne vaudrai-je plus d'être aimée dans six mois ? » Voilà qui déjà sent le brûlé, Monsieur.

Mlle Andriot : « Oubliez ce combat entre mon âme et moi. » Chacun de nous doit vivre avec son ennemi, collés l'un à l'autre dans la même peau, et apprendre à vivre dans cette intimité qui aurait dû inspirer un vers à Dante, la comparant à quelque supplice de son *Inferno.* Mais ennemi nécessaire, ennemi bien-aimé, quelquefois.

Voltes. — J'ai parlé de la volte de Christine.

Mlle Andriot n'est que voltes : du fait qu'elle ne voit pas clair en soi.

La volte finale de Ravier. J'avoue n'avoir pu résister à finir ma série de passes avant la mise à mort (de Christine) par une passe de ma marque, purissime : Manolete finit sa série de passes par une *manoletina.* Ravier dit à Christine toutes les raisons pour lesquelles il serait vil et vulgaire qu'il la prît. Puis il la prend. C'est la faute à la pluie d'août. C'est aussi que, tout étant égal... « J'efface tout ce que je viens de dire. Cela était vrai, mais le contraire est vrai aussi, et je choisis le contraire. » Qu'on me pardonne de m'être laissé aller à donner l'amplification de la voix et de la scène à un principe qui m'est si personnel, et si dominant en moi.

Plusieurs dames me font remarquer — je n'y avais pas pensé — que, si Mlle Andriot « donne » Ravier à la fin, comme Gillou a « donné » sa mère dans *Fils de personne,* c'est pour la même raison que lui : par nervosité. (Le système nerveux, une fois déjà, avait flanché : elle s'était évanouie.) L'une d'elles me dit : « Plus solide, elle eût peut-être été sublime. »

Haine de la vieillesse, mépris de la femme : sentiments si répandus, quoique non avoués. Quelle est la sorte de mendiant, tendant la main ou chantant dans la rue, qui reçoit le moins d'aumônes, qui subit les rebuts les plus glacés ? La vieille femme, sans nul doute.

Ces deux sentiments, conjoints, permettent à bien des spectateurs d'escamoter Mlle Andriot.

Donner à chacun le respect qui lui est dû, en tant que créature humaine : c'est ce que j'ai fait dans mon théâtre, plus que je ne l'avais fait dans mes romans.

1951.

L'accordéon. — Ravier, Andriot, se répandent quand ils expriment leur amour, et se resserrent quand il y a crise. Au final du II, Ravier dit juste ce qu'il a à dire, pas un mot de plus : cela n'est pas plus long que la vision d'Oreste dans *Andromaque.* De même pour la dernière scène d'Andriot, où la force est donnée également par l'économie des moyens.

Elle dit juste ce qu'il faut, et disparaît : un seul coup de matraque a suffi. C'est là qu'on voit *comme elle a peu compté,* et le sort de « celles qu'on ne prend pas dans ses bras ».

Ces deux êtres de la même qualité, de la même passion, de la même culture, se poursuivent et se fuient, se heurtent et se meurtrissent, et c'est l'insignifiante — insignifiante et méchante — petite Villancy qui jouit seule de la tranquillité du cœur.

Toute la fameuse finesse féminine d'Andrée Hacquebaut ne lui fait pas comprendre que Costals n'a pas d'amitié pour elle. Et la stupéfaction poignardée d'Andriot quand elle voit Ravier la blesser, qui était gentil avec elle depuis sept ans. Elle ne s'était jamais rendu compte qu'elle n'était que supportée.

« Voyez-vous, il n'y a qu'une façon d'aimer les femmes, c'est d'amour. Il n'y a qu'une façon de leur faire du bien, c'est de les prendre dans ses bras. Tout le reste, amitié, estime, sympathie intellectuelle, sans amour est un fantôme... »

Ainsi Costals parle à Solange, dans *Pitié pour les femmes.* Ses paroles m'ont inspiré le titre de cette pièce.

Il y a celles qu'on prend dans ses bras, — et les autres. Deux races distinctes. Et malheur à ces autres, et malheur à ceux qui s'approchent d'elles. « Les plus dangereuses de toutes : celles qu'on ne prend pas dans ses bras », dira Ravier. Et Costals l'avait déjà dit, ou presque, lorsqu'il achevait ainsi les phrases citées plus haut : « Tout le reste, sans amour est un fantôme, et un fantôme cruel, car ce sont les fantômes qui sont cruels : avec les réalités on peut toujours s'arranger. »

D'autre part, ce qui me frappe dans cette pièce, c'est que deux personnages y parlent sans retenue le langage de l'amour-passion, le langage du cœur, dans toute sa naïveté, et que, de ces deux personnages, l'un a la soixantaine, et l'autre en approche. Ce sont cet homme et cette femme sans jeunesse qui ont une sensibilité riche, qui aiment avec fraîcheur et ardeur.

Est-ce dire qu'en amour, comme à la guerre, les jeunes troupes ne sont pas les meilleures ? Non, j'ai voulu seulement montrer sur la scène un des conflits douloureux qui naissent quand les êtres qui sont capables d'aimer ont dépassé l'âge où l'on est physiquement aimable, et quand ceux qui physiquement sont aimables ne méritent guère d'être aimés.

Peut-être le public parisien est-il trop habitué aux jeux de la seule intelligence pour être profondément sensible à la chaleur de la chair et du sang. Or, c'est ici la passion amoureuse qui parle, la passion telle que la connaissent les races méditerranéennes, avec plus de violence encore chez mon héros que chez mon héroïne. Chez cet homme au seuil de la vieillesse, le cœur cogne, la voix s'altère, le corps tremble et s'épuise jusqu'à défaillir, à devoir s'abattre sur un divan. Dans son accès de fureur (« Je la verrai décoiffée... Ses cheveux pareils à des reptiles... »), le souffle est démentiel. Ce sont les transports, les « ahan », le dodelinement d'ours d'Othello. Peut-être faut-il avoir passé par là pour le sentir. Sinon, l'on ricane. J'ai entendu ces ricanements, un soir, devant tel acteur qui jouait *trop vrai* Othello.

Le séducteur sur le retour est séduit, captif, puisqu'un être est devenu irremplaçable. Ce n'est pas sans raison qu'il se cabre et s'épouvante, lui que contentait le domaine du plaisir, où tout est « rond », en découvrant celui de la tendresse, qui n'est pas « ronde », qui toujours déborde. Pourtant le vieux philtre de Brangaine, s'il exalte cet homme, est impuissant à lui faire perdre sa lucidité. Dans *Brocéliande,* Persilès est ramolli, mais lucide. Dans *Celles,* Ravier est passionné, mais lucide. Et c'est le spectacle — rare — de la passion dépouillée d'illusions, spectacle un peu effrayant, comme celui des muscles d'un écorché mis à vif.

En face, la passion d'une amoureuse de soixante ans. Anna de Noailles redoutait que s'en allassent, avec la jeunesse, « les étourdissements d'Hermione et de Phèdre ». Mais non, car il y a deux races d'êtres : ceux qui ont un feu intérieur et ceux qui n'en ont pas. Mes deux héros, que la déchéance physique a commencé de toucher, jetteront le leur peut-être jusqu'à la fin.

L'Andrée Hacquebaut des *Jeunes Filles,* amoureuse irréductible, vieillie sans avoir composé, serait-elle devenue Mlle Andriot ? Je ne crois pas. Il n'y a pas seulement des nuances différentes apportées par l'âge ; il y a des différences de nature. Pas de trace d'instinct maternel chez Andrée. Chez Mlle Andriot, une maternité inemployée crève de toutes parts : les pêches, le sabayon, la bouteille de malaga, le bouton recousu ! Mlle Andriot, comme sa mère, est « la Fidélité ». La fidélité est assez habituelle chez les femmes intelligentes. Être fidèle à ce qu'on aime, c'est aussi être fidèle à soi-même. (Par malheur, chez l'homme, c'est tout le contraire.) Mlle Andriot se maintient comme elle peut sur le seul plan où elle soit supportée. En face d'un homme lucide, voici une femme qui ne voit pas clair en elle-même ; de là ses voltes.

Mlle Andriot disparaîtra, écrasée « comme un serpent ». Et c'est, dans la bouche de Ravier, le mot le plus terrible de la pièce : « J'ai sept ans de *haine* qui ont leur mot à dire. » L'autre croit qu'on éprouve pour lui au moins de la sympathie. Or, cette sympathie est de la haine, qui ne se démasque que dans la colère. Cette haine de sept années, de quoi est-elle faite ? D'agacement et de dédain, avec de la reconnaissance et de la pitié qui ont « tourné », dans le sens où l'on dit que le lait tourne.

Que dire de Christine Villancy ? Elle est propre et elle a raison. Mais elle y met une pointe acerbe et c'est cette acerbité qui est vulgaire. On m'a beaucoup dit que, contrairement aux apparences, elle était curieuse de Ravier, puisqu'elle revenait le voir. Je ne l'ai pas senti ainsi en composant ce personnage. Elle revient parce qu'elle a des dessins à placer, et a besoin d'un peu d'argent.

Pierre Sipriot a écrit très justement que « l'amour dans toute sa plénitude et son désintéressement, c'est toujours le mariage du prince et de la bergère, c'est César s'éprenant de Cléopâtre, captive et amoindrie ; ou, inversement, c'est Vénus épousant Anchise, Geneviève de Bohémond épousant un bel armateur d'Anvers, Mathilde de la Mole éprise du secrétaire de son père[1]. Loin d'être la perte des couples, la mésalliance — quand elle tourne bien — est l'accomplissement de l'amour, et, en littérature, son exemplaire... »

Mais le couple Ravier-Christine, le prince et la bergère, tournera-t-il bien ? J'en doute.

Je ne voudrais pas finir sans citer le meilleur *bon mot* qui me fut dit sur *Celles qu'on prend dans ses bras.* « C'est bien, me dit cet homme de théâtre. Mais il y a trop de psychologie. »

1957.

1. « Hercule aime les captives », lit-on dans une tragédie de Sénèque.

UNE PIÈCE « CRUELLE » ?

Le jour de la générale, à peine le rideau s'était-il baissé, que j'entendais quelqu'un s'exclamer : « Comme cette pièce est cruelle ! »

Ravier annonce *in fine* qu'il « écrasera la tête » de « ce serpent » qu'est sa vieille amie. Mais Mlle Andriot vient de le trahir. Sa riposte n'a rien que de naturel.

Mlle Andriot est-elle cruelle en le trahissant ? Elle le trahit dans un mouvement de jalousie qui n'est pas de la cruauté. Quelqu'un m'a même dit que, si elle ne cédait pas à ses nerfs — à ses nerfs qui l'ont déjà trahie une fois, quand elle s'est évanouie, — Mlle Andriot serait peut-être « sublime ».

Le seul personnage de la pièce qui soit cruel — et qui l'est si bien qu'on l'eût nommé « la cruelle », dans la langue du XVIIe siècle, — est Christine. Elle pouvait rebuter Ravier avec politesse, et même avec gentillesse, disons, cette chrétienne, avec charité. Mais enfin, selon une certaine morale, Ravier est « le mal ». Peut-il y avoir cruauté à être dur contre « le mal » ?

Est-ce donc la morale de ma pièce qui est cruelle ?

Dans son livre, *Montherlant et les femmes,* Jeanne Sandelion prétend qu' « il (votre serviteur) n'a jamais imaginé pour une de ses œuvres une fin plus sombre » que celle de cette pièce.

Pourquoi ? Parce que Christine se donne sans amour, et parce que Ravier sait qu'il en souffrira. Mais, dans ce finale, aucun des deux ne montre de cruauté. Serait-ce donc « la vie » qui serait cruelle ? Mais « la vie » est tout ce qu'on veut, aussi douce et arrangeante qu'elle est cruelle, et de nulle œuvre d'art qui prétende à la représenter avec conscience ne saurait être absente quelque cruauté.

Il me semble que la « morale » de *Celles qu'on prend dans ses bras,* s'il y en a une, est le contraire d'une morale cruelle. C'est une morale optimiste. Ravier dit tout ce qu'un honnête homme peut dire sur l'acte de prendre une femme parce qu'on vient de lui rendre un service, en profitant de sa gratitude et de son désarroi. Puis il la prend, et il lui explique : « Rien n'est plus bas ni plus vulgaire que la façon dont je t'accepte, mais à peu près tout ce qui existe est d'origine impure. Cela naît dans la boue, et cela ne diffère guère de ce qui est né dans les étoiles. »

J'ai connu deux mariages qui s'étaient faits par les petites annonces des journaux, et qui ont été d'excellents mariages, éprouvés par le temps. J'ai connu une liaison qui a commencé par un chantage, l'homme ne faisant céder la femme qu'en la menaçant de certaines révélations, et cette liaison fut une excellente liaison, née dans l'atroce, continuée dans le plaisir et le bonheur, et qui s'est survécue dans l'amitié. Chaque jour se font sur le trottoir, dans les conditions les plus sordides, des accrochages dont il ne naît nul mal pour quiconque, dont il ne naît que du bien. Sur cette idée finit *Celles qu'on prend dans ses bras.* Je ne vois pas là cruauté.

S'il y a quelque chose de cruel dans cette pièce, c'est bien plutôt qu'elle soit ingénument une pièce d'amour non partagé. Ravier agace Christine avec son amour. Mlle Andriot agace Ravier avec son amour. Le cadeau de Ravier à Christine se retourne contre lui. Les fruits et les sabayons de Mlle Andriot à Ravier se retournent contre elle. « Je ne vous aime pas, je vous le jure ! Je ne vous aime pas de la manière qui vous ferait horreur. » Ce cri de Mlle Andriot à Ravier — le cri de tous ceux qui sont obligés de mentir sur leur amour, pour se le faire pardonner, — c'est aussi les mots de Ravier à Christine : « Je vous offre mon amitié, et je ne vous demande qu'un peu de votre présence... » Hélas, on sait bien que ce n'est pas cela qu'il lui demande, et pas cela qu'il lui offre.

Ravier et Mlle Andriot, cet homme et cette femme, chacun seul, chacun à une extrémité opposée de la scène, élèvent la même plainte sans écho et sans pouvoir. S'il y a quelque chose de cruel dans *Celles qu'on prend dans ses bras,* c'est cela, et ce n'est que cela.

On cherche de nombreuses intentions dans cette pièce : il semble que, le plus souvent, quelque chose en échappe, qui est ce qui, moi, me crève les yeux : qu'elle donne une expression directe et naïve à un sentiment de nos jours décrié : ce sentiment qu'on appelait autrefois l'*amour-passion.*

1957,
pour la reprise de la pièce
au théâtre des Ambassadeurs.

DU MÊME AUTEUR

Aux Éditions Gallimard

LA RELÈVE DU MATIN

LES OLYMPIQUES

LA JEUNESSE D'ALBAN DE BRICOULE, *roman.*

I. LES BESTIAIRES

II. LES GARÇONS

III. LE SONGE

LES VOYAGEURS TRAQUÉS

AUX FONTAINES DU DÉSIR

LA PETITE INFANTE DE CASTILLE

UN VOYAGEUR SOLITAIRE EST UN DIABLE (1925-1929)

L'EXIL (1914), *théâtre.*

MORS ET VITA

ENCORE UN INSTANT DE BONHEUR, *poèmes.*

SERVICE INUTILE

LES CÉLIBATAIRES, *roman.*

LES JEUNES FILLES, *roman.*

I. LES JEUNES FILLES

II. PITIÉ POUR LES FEMMES

III. LE DÉMON DU BIEN

IV. LES LÉPREUSES

L'ÉQUINOXE DE SEPTEMBRE

LE SOLSTICE DE JUIN

LA REINE MORTE, *théâtre.*

FILS DE PERSONNE. — UN INCOMPRIS, *théâtre.*

MALATESTA, *théâtre.*

LE MAÎTRE DE SANTIAGO, *théâtre.*

DEMAIN IL FERA JOUR. — PASIPHAÉ (1936), *théâtre.*
TEXTES SOUS UNE OCCUPATION (1940-1944).
THÉÂTRE
PORT-ROYAL, *théâtre.*
BROCÉLIANDE, *théâtre.*
CARNETS (1930-1944)
LA MORT QUI FAIT LE TROTTOIR (Don Juan), *théâtre.*
ROMANS ET ŒUVRES DE FICTION NON THÉÂTRALES.
LE CARDINAL D'ESPAGNE, *théâtre.*
LE CHAOS ET LA NUIT, *roman.*
ESSAIS
LA GUERRE CIVILE, *théâtre.*
VA JOUER AVEC CETTE POUSSIÈRE (CARNETS 1958-1964)
LA VILLE DONT LE PRINCE EST UN ENFANT, texte de 1967, *théâtre.*
LA ROSE DE SABLE, *roman.*
LE TREIZIÈME CÉSAR
UN ASSASSIN EST MON MAÎTRE, *roman.*
LA MARÉE DU SOIR (CARNETS 1968-1971)
LA TRAGÉDIE SANS MASQUE, Notes de théâtre
MAIS AIMONS-NOUS CEUX QUE NOUS AIMONS ?
LE FICHIER PARISIEN
TOUS FEUX ÉTEINTS (CARNETS, 1965, 1966, 1967, CARNETS sans dates et 1972)
COUPS DE SOLEIL

COLLECTION FOLIO

Dernières parutions

1335.	Muriel Cerf	*Le diable vert.*
1336.	Ève Curie	*Madame Curie.*
1337.	Thornton Wilder	*Les ides de mars.*
1338.	Rudyard Kipling	*L'histoire des Gadsby.*
1339.	Truman Capote	*Un arbre de nuit.*
1340.	D. H. Lawrence	*L'homme et la poupée.*
1341.	Marguerite Duras	*La vie tranquille.*
1342.	François-Régis Bastide	*La vie rêvée.*
1343.	Denis Diderot	*Les Bijoux indiscrets.*
1344.	Colette	*Julie de Carneilhan.*
1345.	Paul Claudel	*La Ville.*
1346.	Henry James	*L'Américain.*
1347.	Edmond et Jules de Goncourt	*Madame Gervaisais.*
1348.	Armand Salacrou	*Dans la salle des pas perdus,* tome I.
1349.	Armand Salacrou	*Dans la salle des pas perdus,* tome II.
1350.	Michel Déon	*La corrida.*
1351.	Stephen Crane	*La conquête du courage.*
1352.	Dostoïevski	*Les Nuits blanches. Le Sous-sol.*
1353.	Louis Pergaud	*De Goupil à Margot.*
1354.	Julio Cortázar	*Les gagnants.*
1355.	Philip Roth	*Ma vie d'homme.*
1356.	Chamfort	*Maximes et pensées. Caractères et anecdotes.*
1357.	Jacques de Lacretelle	*Le retour de Silbermann.*
1358.	Patrick Modiano	*Rue des Boutiques Obscures.*

1359.	Madeleine Chapsal	*Grands cris dans la nuit du couple.*
1360.	Honoré de Balzac	*Modeste Mignon.*
1361.	Pierre Mac Orlan	*Mademoiselle Bambù.*
1362.	Romain Gary (Émile Ajar)	*La vie devant soi.*
1363.	Raymond Queneau	*Exercices de style.*
1364.	Eschyle	*Tragédies.*
1365.	J. M. G. Le Clézio	*Mondo et autres histoires.*
1366.	Pierre Drieu la Rochelle	*La comédie de Charleroi.*
1367.	Romain Gary	*Clair de femme.*
1368.	Fritz Zorn	*Mars.*
1369.	Émile Zola	*Son Excellence Eugène Rougon.*
1370.	Henri Vincenot	*La billebaude.*
1371.	Carlos Fuentes	*La plus limpide région.*
1372.	Daniel Defoe	*Journal de l'Année de la Peste.*
1373.	Joseph Kessel	*Les cavaliers.*
1374.	Michel Mohrt	*Les moyens du bord.*
1375.	Jocelyne François	*Joue-nous « España ».*
1376.	Léon-Paul Fargue	*Le piéton de Paris,* suivi de *D'après Paris.*
1377.	Beaumarchais	*Le Barbier de Séville,* suivi de *Jean Bête à la foire.*
1378.	Damon Runyon	*Broadway, mon village.*
1379.	Jean Rhys	*Quatuor.*
1380.	Sigrid Undset	*La femme fidèle.*
1381.	Stendhal	*Le Rose et le Vert, Mina de Vanghel* et autres nouvelles.
1382.	Paul Morand	*Le Flagellant de Séville.*
1383.	Catherine Rihoit	*Le bal des débutantes.*
1384.	Dorothy Baker	*Le jeune homme à la trompette.*
1385.	Louis-Antoine de Bougainville	*Voyage autour du monde.*
1386.	Boileau/Narcejac	*Terminus.*
1387.	Sidney Sheldon	*Jennifer ou La fureur des anges.*
1388.	Damon Runyon	*Le complexe de Broadway.*
1389.	Guyette Lyr	*L'herbe des fous.*

1390.	Edith Wharton	*Chez les heureux du monde.*
1391.	Raymond Radiguet	*Le Diable au corps.*
1392.	Ivan Gontcharov	*Oblomov.*
1393.	Réjean Ducharme	*L'avalée des avalés.*
1394.	Giorgio Bassani	*Les lunettes d'or et autres histoires de Ferrare.*
1395.	Anita Loos	*Les hommes préfèrent les blondes.*
1396.	Anita Loos	*Mais ils épousent les brunes.*
1397.	Claude Brami	*Le garçon sur la colline.*
1398.	Horace Mac Coy	*J'aurais dû rester chez nous.*
1399.	Nicolas Leskov	*Lady Macbeth au village, L'Ange scellé, Le Vagabond enchanté, Le Chasse-Diable.*
1400.	Elio Vittorini	*Le Simplon fait un clin d'œil au Fréjus.*
1401.	Michel Henry	*L'amour les yeux fermés.*
1402.	François-Régis Bastide	*L'enchanteur et nous.*
1403.	Joseph Conrad	*Lord Jim.*
1404.	Jean de La Fontaine	*Contes et Nouvelles en vers.*
1405.	Claude Roy	*Somme toute.*
1406.	René Barjavel	*La charrette bleue.*
1407.	Peter Handke	*L'angoisse du gardien de but au moment du penalty.*
1408.	Émile Zola	*Pot-Bouille.*
1409.	Michel de Saint Pierre	*Monsieur de Charette, chevalier du Roi.*
1410.	Luigi Pirandello	*Vêtir ceux qui sont nus*, suivi de *Comme avant, mieux qu'avant.*
1411.	Karen Blixen	*Contes d'hiver.*
1412.	Jean Racine	*Théâtre complet*, tome I.
1413.	Georges Perec	*Quel petit vélo à guidon chromé au fond de la cour?*
1414.	Guy de Maupassant	*Pierre et Jean.*
1415.	Michel Tournier	*Gaspard, Melchior & Balthazar.*
1416.	Ismaïl Kadaré	*Chronique de la ville de pierre.*
1417.	Catherine Paysan	*L'empire du taureau.*
1418.	Max Frisch	*Homo faber.*

1419.	Alphonse Boudard	*Le banquet des Léopards.*
1420.	Charles Nodier	*La Fée aux Miettes,* précédé de *Smarra* et de *Trilby.*
1421.	Claire et Roger Quilliot	*L'homme sur le pavois.*
1422.	Philip Roth	*Professeur de désir.*
1423.	Michel Huriet	*La fiancée du roi.*
1424.	Lanza del Vasto	*Vinôbâ ou Le nouveau pèlerinage.*
1425.	William Styron	*Les confessions de Nat Turner.*
1426.	Jean Anouilh	*Monsieur Barnett,* suivi de *L'orchestre.*
1427.	Paul Gadenne	*L'invitation chez les Stirl.*
1428.	Georges Simenon	*Les sept minutes.*
1429.	D. H. Lawrence	*Les filles du pasteur.*
1430.	Stendhal	*Souvenirs d'égotisme.*
1431.	Yachar Kemal	*Terre de fer, ciel de cuivre.*
1432.	James M. Cain	*Assurance sur la mort.*
1433.	Anton Tchekhov	*Le Duel* et autres nouvelles.
1434.	Henri Bosco	*Le jardin d'Hyacinthe.*
1435.	Nathalie Sarraute	*L'usage de la parole.*
1436.	Joseph Conrad	*Un paria des îles.*
1437.	Émile Zola	*L'Œuvre.*
1438.	Georges Duhamel	*Le voyage de Patrice Périot.*
1439.	Jean Giraudoux	*Les contes d'un matin.*
1440.	Isaac Babel	*Cavalerie rouge.*
1441.	Honoré de Balzac	*La Maison du Chat-qui-pelote. Le Bal des Sceaux. La Vendetta. La Bourse.*
1442.	Guy de Pourtalès	*La vie de Franz Liszt.*
1443.	***	*Moi Christiane F., 13 ans, droguée, prostituée...*
1444.	Robert Merle	*Malevil.*
1445.	Marcel Aymé	*Aller retour.*

Impression Bussière à Saint-Amand (Cher).
le 11 février 1983.
Dépôt légal : février 1983.
Numéro d'imprimeur : 1550

ISBN 2-07-037446-7. Imprimé en France.

31445